Bianca

D1081753

SUYA POR VENGANZA
CAITLIN CREWS

HARLEQUIN

Editado por Harlequin Ibérica.
Una división de HarperCollins Ibérica, S.A.
Núñez de Balboa, 56
28001 Madrid

© 2014 Caitlin Crews
© 2016 Harlequin Ibérica, una división de HarperCollins Ibérica, S.A.
Suya por venganza, n.º 2446 - 10.2.16
Título original: His for Revenge
Publicada originalmente por Mills & Boon®, Ltd., Londres.

I.S.B.N.: 978-84-687-7598-2
Depósito legal: M-39098-2015
Impresión en CPI (Barcelona)
Fecha impresion para Argentina: 8.8.16
Distribuidor exclusivo para España: LOGISTA
Distribuidores para México: CODIPLYRSA y Despacho Flores
Distribuidores para Argentina: Interior, DGP, S.A. Alvarado 2118.
Cap. Fed./Buenos Aires y Gran Buenos Aires, VACCARO HNOS.

Capítulo 1

ZARA Elliott estaba a mitad de camino del pasillo de la iglesia del pueblo con casas de madera blanca donde había vivido su familia desde el siglo XVII cuando cayó realmente en la cuenta del disparate que estaba haciendo. Le flaquearon las piernas y tembló como un flan debajo del vaporoso vestido blanco. Estuvo a punto de pararse delante de los cientos de testigos que su padre había decidido invitar a ese espectáculo circense.

–Ni se te ocurra pararte –la amenazó su padre entre dientes, aunque sin dejar de sonreír–. Te arrastraré hasta el altar si hace falta, Zara, pero no me agradaría.

Ese era todo el amor y apoyo que ella podía esperar de Amos Elliott, quien coleccionaba dinero y poder como otros padres coleccionaban sellos. Además, a ella nunca se le había dado bien oponerse a él. De eso siempre se había ocupado su hermana, Ariella, y, precisamente por eso, ella se encontraba en esa situación. Siguió moviéndose obedientemente y se ordenó a sí misma que no podía pensar en su hermana mayor porque ese vestido sería una monstruosidad absurda de tela blanca, pero también le quedaba demasiado ceñido. Ariella era casi ocho centímetros más alta que ella y tenía los pechos de una niña adolescente, algo que le iba muy bien para lucirse en biquini y con esa ropa que desafiaba a la gravedad y que tanto le gustaba. Además, si se enfurecía, como haría si pensaba demasiado en todo eso, se quitaría ese vestido de segunda mano que le sentaba tan mal allí mismo, en la iglesia que sus antepasados habían ayudado a construir hacía siglos. Sería una lección para su padre, se dijo a sí misma, pero no compensaría el precio que tendría que pagar y, además, estaba haciéndolo por su difunta abuela, quien había creído que ella debería darle otra oportunidad a su padre y le había hecho prometerle en el lecho de muerte que lo haría, aunque le había dejado la casita de Long Island por si esa oportunidad no salía bien.

Se concentró en el infame Chase Whitaker, su novio, quien estaba esperándola de espaldas. Parecía como si fuese un gesto de suspense romántico, pero ella sabía que, probablemente, estaba ocultando la furia por esa boda que no quería, como había dejado muy claro. Esa boda a la que le había presionado su conspirador padre durante los meses que pasaron desde que el padre de Chase, un hombre inmenso, murió inesperadamente y Amos se quedó en una posición muy débil dentro de la estructura de poder de Whitaker Industries, aunque fuese el presidente del Consejo de Administración. Esa boda a la que se habría opuesto Chase aunque ella fuese quien debería ser: Ariella, que, como era típico de ella, ni se había molestado en presentarse esa mañana.

Ella siempre había alardeado de su pragmatismo, una virtud que la familia Elliott utilizaba muy poco, pero tenía que reconocer que una parte de sí misma estaba fijándose en las esculturales espaldas y en la estatura de su novio y se preguntaba qué sentiría si todo eso fuese verdadero, si ella no fuese la penosa sustituta de la belleza de la familia, a quien habían descrito como la joya de la corona Elliott; si un hombre como Chase Whitaker, adorado en todo el mundo por sus ojos azul oscuro, por su tupido pelo moreno, por su cuerpo atlético que hacía babear a las mujeres en cuanto lo miraban y por su delicioso acento británico, estuviese esperándola de verdad al final de ese pasillo. Se reprendió firmemente a sí misma por pensarlo, era una majadera.

No hacía falta decir que nadie la había descrito jamás como ningún tipo de joya. Sin embargo, su querida abuela sí la había llamado «cielo» alguna vez. Lo había hecho en ese tono que empleaban las mujeres de la categoría social de su abuela para referirse a las chicas que consideraban agradables e, incluso, cumplidoras.

–Eres muy cumplidora, no sé cómo puedes soportar serlo todo el tiempo.

Ariella se lo había dicho hacía dos días y, como siempre, había sonreído y había empleado ese tono burlón que ella había pasado por alto durante sus veintiséis años. Ariella había estado maquillándose para alguno de los actos previos a la boda, una operación a la que dedicaba una cantidad de tiempo más que considerable.

–¿Tengo elección? ¿Acaso estás pensando en ser cumplidora alguna vez?

Ella se lo había preguntado con cierta aspereza porque el tono que había empleado Ariella no había sido halagador, como el que empleaba su abuela. Ariella la había mirado reflejada en el espejo y había parpadeado como si estuviese atónita por la pregunta.

–¿Por qué iba a serlo? Tú lo haces mucho mejor –había contestado al cabo de un rato.

En ese momento, mientras se acercaba al hombre que no estaría allí si tuviera elección, se dio cuenta de que aquello había sido una declaración de intenciones de su hermana.

Se alegró de llevar el velo y de que los asistentes no pudieran ver su rostro, donde, con toda certeza, estaría escrito lo necia que era su imaginación. Tenía el pelo rojo, no de un misterioso tono caoba como le gustaba imaginarse, y una piel ridículamente sensible. Entonces, llegó al altar y dejó de pensar en su piel y en las manchas rosas que podría tener.

Amos, con voz estruendosa, comunicó que entregaba a esa mujer con un entusiasmo paternal quizá un poco insultante. Entonces, efectivamente, la entregó a Chase Whitaker, quien se había girado para mirarla, pero que consiguió dar la impresión de que estaba mirando hacia otro lado, como si estuviese profundamente aburrido o tan alejado, mental y emocionalmente, de ese acto que creía que, realmente, estaba en otro sitio.

Ella seguía con el velo bajado, como si estuviese en una boda medieval, porque, como le había recordado cien veces su padre en la entrada de la iglesia, Chase tenía que estar legalmente unido a la familia antes de que se descubriera ese pequeño cambio.

–Qué maravilla –había comentado ella con ironía–. Es una boda de ensueño.

Amos la había mirado con esos ojos amenazadores que ella evitaba como podía en circunstancias normales, aunque no podía decirse que prestarse a esa farsa y sustituir a su hermana desaparecida ante su desconocido e indeseado prometido fuese una circunstancia normal.

–Puedes ahorrarte tus comentarios ingeniosos para tu marido, en el supuesto de que consigas que esto salga adelante. Estoy seguro de que él los apreciará más que yo.

Amos se lo había dicho con esa frialdad tan típica de él, sobre todo, cuando se dirigía a la hija a la que había llamado «un desperdicio de los genes Elliott» cuando había sido una niña especialmente poco atractiva de trece años. Ella había decidido que un comentario ingenioso había sido más que suficiente y se dedicó a ensayar una sonrisa cortés, la sonrisa de estar casada con un perfecto desconocido, y a fingir que estaba encantada de llevar un vestido que le sentaba fatal. ¿Qué muchacha no estaba encantada de recorrer el pasillo con un vestido que habían tenido que cortar por detrás para que le cupieran los pechos y que habían arreglado precipitadamente con una tira de encaje que, como ella se temía, su madrastra podría haber cortado de las cortinas de la iglesia?

En ese momento, su futuro marido le tomó las manos con unas manos grandes, cálidas y muy fuertes. Se sintió extrañamente mareada y frunció el ceño por la llamativa flor que él llevaba en el ojal mientras intentaba no pensar en que su padre estaba convencido de que, si Chase se daba cuenta de que estaba casándose con ella, saldría corriendo de la iglesia. Oyó algo raro y se dio cuenta de que estaba apretando los dientes. Dejó de hacerlo antes de que su padre, que la miraba con el ceño fruncido desde el primer banco, hiciese algo más para cerciorarse de que ese matrimonio se celebraba como él había planeado. Prefería no pensar qué podía implicar ese «algo más». Cambiar una hija por otra debería exceder el límite de lo que era un comportamiento fraudulento, pero Amos Elliott no tenía límites.

El sacerdote habló de amor y fidelidad, algo que, en esas circunstancias, rozaba lo insultante. Ella elevó el ceño fruncido hacia Chase Whitaker, era tan viril y atractivo que había ennoblecido cientos de portadas de revistas, y se recordó a sí misma que, si bien esa situación podía ser extrema, no era nada nuevo. Ella siempre había sido la hermana tímida y obediente, la que prefería los libros a las fiestas y la compañía de su abuela a las juergas con cientos de necios. La hermana callada cuyas aspiraciones académicas se arrinconaban siempre para centrarse en los distintos escándalos o caprichos de Ariella. Siempre había sido la hermana en la que se podía confiar para que hiciera todas esas cosas responsables, desagradables y muy aburridas para que Ariella pudiera seguir siendo «modelo» o «actriz» o cualquier cosa que fingía hacer y que le permitía ir por todo el mundo sin responder ante nadie y gastándose el dinero de su padre como le apetecía.

Tenía que dejar de pensar en Ariella, se ordenó a sí misma cuando Chase le clavó los ojos azul oscuro y ella se dio cuenta de que estaba apretándole las manos con demasiada fuerza. Se las soltó un poco y se prohibió pensar en lo cálidas, fuertes y callosas aunque elegantes que eran, en que tomaban las suyas de una manera que daban a entender que su delicadeza solo era un barniz que cubría un enorme poder que transmitía sin disimularlo. Efectivamente, no estaba pensándolo. Entonces, le tocó hablar. Lo hizo todo lo tranquilamente que pudo mientras esperaba que Chase le arrancara el velo y la desenmascarara delante de toda la iglesia cuando el sacerdote dijo su nombre, en vez del de Ariella, y lo hizo en una voz tan baja que, seguramente, no había oído nadie. Él, sin embargo, estaba muy concentrado en algo que había a la derecha y, una vez más, ella tuvo la sensación de que él estaba dominándose implacablemente y que eso le exigía toda su más que considerable fuerza, la que pudo notar cuando él le puso el anillo en el dedo. O era eso o estaba bebido, como podía parecer por el ligero olor a whisky, y estaba intentando no tambalearse.

Él habló en un tono seco y con ese acento británico que hacía que pareciera que cada palabra era más hermosa y precisa. Cuando terminó, cuando ella le puso el anillo, se sintió mareada por el alivio y por algo más que no supo qué era. ¿De verdad era tan sencillo? ¿De verdad se había embutido en un vestido que no podía abrocharse, se había puesto un velo casi opaco y había fingido que era su hermana para atrapar a ese pobre hombre en una de las espantosas conspiraciones de su padre porque le había parecido que era la ocasión que tenía que darle a Amos antes de eliminarlo de su vida para siempre, como le había aconsejado su adorada abuela?

–Puede besar a la novia.

Efectivamente, al parecer, lo había hecho. Chase suspiró y ella pensó, por un momento, que iba a rehusar. ¿Podía rehusar delante de toda esa gente? ¿Eso no haría que ella pareciera poco atractiva y nada deseada? No sabía si quería que la besara o no. No sabía qué era peor, que la besara alguien que no quería besarla solo porque tenía que hacerlo o que no la besara y la abochornara delante de todos los asistentes. Él, sin embargo, le levantó el velo y mostró su cara por primera vez. Ella contuvo el aliento y se preparó para su estallido de rabia. Podía notarlo e, instintivamente, cerró los ojos. Oyó un murmullo que llegaba de los primeros bancos, donde alguien se había dado cuenta de que la glamurosa Ariella Elliott parecía más baja y redondeada que de costumbre. Sin embargo, Chase Whitaker, su marido, no dijo nada. Ella abrió los ojos y, por un instante, todo desapareció. Había visto un millón de fotos de ese hombre y lo había visto en habitaciones relativamente pequeñas donde habían estado los dos, pero nunca había estado tan cerca de él. Nada la había preparado para el impacto de sus ojos. Efectivamente, eran azul oscuro, pero del color del crepúsculo antes de que aparecieran las estrellas. Ese color tenía algo que ella sintió como un vendaval en lo más profundo de su ser.

Además, era hermoso. No era solo guapo o atractivo, como salía en las fotos. No era rudo y encantador de una forma decididamente masculina, aunque era indiscutiblemente viril. Sencillamente, era hermoso. Sus pómulos eran una maravilla, su pelo era como de seda salvaje negra, sus cejas formaban un arco malicioso y su boca, ancha y carnosa, hacía que ardiera por dentro, aunque, en ese momento, no expresara absolutamente nada. Además, esos ojos cautivadores la atravesaban. Tardó un momento en darse cuenta de que la miraba con incredulidad y de que, como ya había sospechado, estaba muy, muy enfadado.

Fue a apartarse porque no tenía el más mínimo interés en estar tan cerca de tanta rabia, pero su marido se lo impidió agarrándola con una mano del cuello. Se imaginó que podía parecer un gesto cariñoso desde lejos, pero ella estaba muy cerca y pudo sentir lo que era, furia y amenaza.

Daba igual la llamarada que brotó del lugar donde estaba tocándola y que se extendió por todo el cuerpo. Daba igual el estremecimiento que experimentó o que se sintiese como si todo su cuerpo se hubiese despertado. Sentía una opresión en el pecho y las rodillas le flaqueaban otra vez, pero por un motivo completamente distinto al de antes.

Entonces, Chase Whitaker, quien había dejado muy claro que nunca querría casarse con nadie, y que no la habría elegido a ella si hubiese decidido hacerlo, inclinó la cabeza y posó sus labios perfectos sobre los de ella, quien pensó que debería haberle parecido improcedente o, incluso, deshonroso. Sin embargo, fue como si todo su cuerpo... crepitara. Sintió que le ardían los labios y que se ruborizaba con un color delatoramente rojo. Notó ese contacto de sus labios en todas partes, en la garganta, entre los pechos, en el súbito endurecimiento de los pezones, en las entrañas y, lo peor de todo, en que se derretía entre las piernas.

Chase levantó la cabeza, con los ojos más oscuros que antes, y ella supo que veía su rubor delator y que, además, sabía lo que significaba. Entonces, surgió algo tenso y eléctrico entre ellos, algo que fue un destello en el aire, que disparó todas las alarmas y que hizo que creyera que podía desmayarse por primera vez en su vida, como la doncella antigua y canjeada que estaba representando. Una vocecita interior le insinuó que quizá fuese una forma de librarse un poco de todo eso, pero el resto de lo que todavía era, o había sido alguna vez, se dejaba arrastrar por esos ojos azules. Hasta que él desvió la mirada y todo se aceleró.

Oyó aplausos, música de órgano y, luego, el murmullo de cientos de invitados escandalizados porque, por fin, habían comprendido que Chase Whitaker, consejero delegado de Whitaker Industries y uno de los playboys más cotizados del mundo, se había casado con la hija Elliott equivocada. A ella le parecía tan increíble como a ellos, pero no tuvo tiempo para meditarlo. Chase estaba agarrándola del brazo, más como a una prisionera que como a una novia, y estaban saliendo por el pasillo. Vio la expresión jactanciosa de su padre y que su madrastra se frotaba los ojos, quizá la frívola Melissa fuese la única persona que se había emocionado. Vio a vecinos de toda la vida, a amigos de la familia y la mirada de curiosidad de cientos de desconocidos, pero lo único cierto era que ese brazo poderoso la mantenía pegada a su cuerpo granítico.

Entonces, se hizo el silencio, bajó los escalones en medio del frío gélido de esa tarde de diciembre y se montó en una limusina.

–A casa –le ordenó él al conductor.

–La celebración es aquí, en el pueblo, no dondequiera que esté tu casa –comentó ella.

Chase, sentado al lado de ella, volvió a mirarla con furia e incredulidad y fue como si la quemara viva. Pasó un momento, quizá fuesen unos años, y el coche se alejó de la iglesia. Para ella, el mundo podría haber explotado. Solo existía ese azul oscuro deslumbrante y la sensación abrasadora que le había quedado donde la había besado y la había tocado con la mano, como si la hubiese marcado a fuego. La limusina se detuvo en un semáforo, Chase parpadeó y miró hacia delante otra vez. Ella decidió que se había imaginado esa sensación de fascinación ardiente. Solo había sido la situación, el vestido de Ariella que no la dejaba respirar. No había ningún motivo para, a pesar de todo, sentirse más viva que nunca cuando estaba en una limusina con un desconocido furioso y bello que la llevaba a... su casa.

–Lo siento –dijo ella porque era lo que habría dicho su abuela–. Creo que no nos conocemos –sonrió con cortesía a ese hombre, a su marido, y le tendió una mano–. Soy Zara.

Chase, atónito, miró la mano tendida y pensó que tenía que ser una pesadilla, que no podía haber otra explicación.

–Sé quién eres –murmuró él entre dientes sin estrecharle la mano.

Ella la bajó sin inmutarse, como en la iglesia, cuando la había atravesado con la mirada de furia. Menos cuando la besó. Dejó de pensar en el rostro sonrojado de ella, y en el beso que le había dado sin saber por qué, y volvió a fruncir el ceño a su esposa. La verdad era que no recordaba haberla conocido antes y, aunque la hubiese conocido, no estaba seguro de haber sabido su nombre, algo que lo avergonzó ligeramente. La recordaba vagamente con un vestido negro que le quedaba mucho mejor que ese, como recordaba el destello de su pelo rojo al otro lado de una mesa. Nada más. Cualquier otra relación con su familia se había limitado a su padre, una pesadilla, y a la rubia y hosca Ariella, quien, al parecer, era más inútil todavía de lo que se había imaginado, y eso que su imaginación había tenido muchos fundamentos para tener una opinión tan mala de ella.

–Me habéis engañado. Podría acusaros de fraude, entre otras cosas.

Él intentó pensar con más claridad, algo que, evidentemente, no había hecho desde hacía seis meses, desde que el Gran Bart Whitaker falleció y lo había dejado hundido hasta el cuello en ese jaleo que iba haciéndose mayor y más engorroso a medida que pasaban los días, desde que tuvo que renunciar a su vida en Londres y tuvo que volver a Estados Unidos para ocupar el puesto de presidente y consejero delegado de Whitaker Industries, donde no había dejado de chocar con Amos Elliott, su oposición más poderosa en el Consejo de Administración, su mayor pesadilla y, en esos momentos, su suegro.

A Zara Elliott no pareció asustarla. Estaba envuelta por una masa de vaporosa tela blanca y con su aristocrático rostro sereno, aunque sus ojos eran dorados y resplandecientes, como el sol al ocultarse por el horizonte en invierno. ¿De dónde se había sacado eso? Debía de haber bebido demasiado whisky en el desayuno.

–Soy unos ocho centímetros más baja que Ariella y dos tallas más grande, como mínimo.

Su voz era cálida y suave como la miel. Parecía, si no feliz, algo similar a conforme. Él no supo cómo había captado ese tono en su voz porque nunca había sentido eso en su vida.

–No te sigo –replicó él cuando, por fin, asimiló lo que había dicho ella.

–Si no viste la diferencia en cuanto puse un pie en la iglesia, ¿estaba engañándote o no estabas prestando mucha atención? –ella se limitó a sonreír cuando él frunció el ceño–. Es una pregunta lógica. Podemos pasarla por alto si quieres, pero un juez se la plantearía en un hipotético juicio por fraude.

–Ese hipotético juez podría estar más interesado por

la licencia de matrimonio, que no tenía tu nombre cuando la firmé a regañadientes.

–Mi padre supuso que eso podría preocuparte –ella sonrió todavía más–. Me propuso que te recordara que esa licencia se firmó aquí, en este condado, donde ha reinado con poder absoluto durante décadas, como antes hicieron su padre, sus tíos y su abuelo. Quiere que te tranquilice. Está seguro de que la licencia estará en regla antes de que acabe el día.

Él farfulló algo obsceno entre dientes, pero no la alteró aparentemente. Se inclinó hacia delante, sacó la botella de whisky medio vacía del mueble bar y dio un sorbo sin molestarse en usar un vaso. Lo abrasó por dentro, pero era preferible al aturdimiento y dio otro sorbo. Luego, por mera cortesía, le ofreció la botella a ella.

–No, gracias –la rechazó ella también con cortesía.

–¿No bebes? –preguntó él, aunque le daba igual.

–Me gusta el vino, algunas veces –contestó ella como si meditara el asunto–. Más el tinto que el blanco. Reconozco que no me gusta la cerveza. Me parece que sabe a calcetines viejos.

–Esto es whisky. No sabe a calcetines. Sabe a turba y fuego, y a la cercanía abrasadora del arrepentimiento.

–Tentador. ¿Cuánto whisky bebiste antes de la ceremonia?

Ella esbozó una sonrisa muy leve y él decidió que el whisky estaba subiéndosele a la cabeza porque le pareció más fascinante de lo que debería. No recordaba la última vez que le había parecido tan cautivadora la boca de una mujer. No podía recordar cuándo se fijó en la boca de una mujer, salvo por lo que podía hacer en la oscuridad.

–Media botella –contestó él mirando la botella.

–Ah... –ella asintió con la cabeza–. Me pareció que podías estar bebido.

–¿Por qué no lo estás tú? –preguntó él sin importarle que la aspereza de su voz pudiera delatar una serie de cosas que tenía que mantener ocultas.

–Por desgracia, no me dieron esa posibilidad cuando me despertaron esta mañana y me comunicaron que Ariella se había largado –sus increíbles ojos dorados dejaron escapar un destello casi doloroso, pero su voz seguía siendo jovial, algo incomprensible–. Tuve que luchar por una taza de café en medio del pánico. Si hubiese pedido algo alcohólico, habría desatado una guerra.

Él volvió a sentir algo muy parecido a la vergüenza y no le gustó. No se le había ocurrido pensar que ese matrimonio podía parecerle tan desagradable a ella como a él, y prefirió no saber por qué, en cierta medida, quiso discutirlo con ella. Como si importara algo quién quería qué. Los dos estaban atrapados, como se había propuesto su padre. A él también le daba igual cuál de las hermanas Elliott estaba atrapada con él por las maniobras de Amos, era exactamente igual para sus planes. Independientemente de lo que la boca de Zara alterara su tranquilidad de espíritu.

Decidió que todo eso le daba igual y dio otro sorbo de whisky. Esos días solo disfrutaba con el olvido. En realidad, se había planteado instalarse definitivamente ahí. ¿Cuánto le costaría dejarse llevar por una botella u otra? Sin embargo, no lo conseguía aunque lo hubiese intentado muchas noches porque la realidad era inalterable; Whitaker Industries era lo único que le quedaba de su padre, del legado familiar. No podía permitir que cayera en las codiciosas manos de Amos Elliott. Ya había fusionado la empresa con el hombre al que su padre había considerado un hijo mejor que él mismo. No podía venderla en ese momento, no podía desentenderse. Eso era lo único que podía hacer. Dio otro sorbo, mayor que los demás.

—¿Dónde está tu hermana? —preguntó él con una calma asombrosa dadas las circunstancias.

—Es una magnífica pregunta —contestó ella con frialdad.

—¿No lo sabes? ¿Te aferras a eso?

Miró la palidez de su rostro rodeado por el velo como el plumaje de un pájaro. Le maravilló que su voz mantuviera esa cortesía impasible a pesar de lo que le indicaba la mirada. Decidió que la boca le preocupaba. Era demasiado carnosa, suave y tentadora. Sobre todo, cuando sonreía.

—Chase... —ella vaciló—. ¿Puedo llamarte así o exiges que tu esposa por conveniencia te llame de otra manera?

Él se rio, algo que lo dejó boquiabierto.

—Chase está bien.

—Chase —repitió ella con más firmeza. Él tuvo una sensación muy rara, como si emplear el nombre de pila fuese algo íntimo—, si supiese dónde está Ariella, no me habría metido este vestido con calzador ni me habría casado contigo delante de trescientos amigos, vecinos y asociados de mi padre —sonrió, aunque lo miró con rabia, y él comprendió que allí se reflejaba la verdad de esa mujer, no en esas sonrisas falsas ni en el tono jovial de su voz—. Si supiera dónde está, habría ido y la habría arrastrado hasta la iglesia. Al fin y al cabo, ella es la Elliott que aceptó casarse contigo, no yo.

Él la miró y captó el momento exacto en el que ella se dio cuenta de que había sido una bocazas.

Sus mejillas se sonrojaron y el rubor se le extendió por el cuello. Se encontró fascinado otra vez.

—No me ofendo —replicó él anticipándose a la disculpa que había visto formarse en los labios de ella—. Yo tampoco quería casarme con ninguna de vosotras. Lo exigió tu padre.

–Sí, como condición para respaldaros a ti y a tu nuevo director ejecutivo, que es tu cuñado, si no me equivoco.

–Nicodemus Stathis y yo hemos fusionado nuestras empresas –le explicó Chase inexpresivamente–... y nuestras familias. Mi hermana me ha dicho que es muy feliz.

Él se preguntó si Zara habría captado que era mentira, si ella sabía, por casualidad, lo poco que Mattie, su hermana pequeña, y él habían hablado durante todos los años que habían pasado desde la muerte de su madre.

–Tu padre es la única espina que me queda clavada –siguió él–. Tú, esto, solo es una forma de sacármela.

–No me ofendo –replicó ella con despreocupación, aunque él no se había disculpado–. Estoy encantada de servir de algo.

–Sé por qué iba a hacerlo Ariella, o por qué dijo que le parecía bien. Le gusta tener una cuenta bancaria saneada y no explicar cómo la vacía. ¿Es un rasgo familiar? ¿Tú te has metido en esto por dinero?

–Tengo mi propio dinero, gracias –contestó ella poniéndose rígida.

–Te refieres al de tu padre –él brindó con la botella–. Como todos.

–En realidad, el único dinero familiar que tengo me llegó de mi abuela, pero intento no tocarlo –replicó ella con una sonrisa, aunque la calidez dorada de su mirada se había congelado–. A mi padre le pareció que, si no iba a seguir sus deseos al pie de la letra, es decir, a estudiar menos y jugar más al tenis, por ejemplo, para atraer a los hijos de sus amigos como posibles novios y fusionar sus empresas, no debería poder disponer de su dinero.

–Desafiar a tu padre es lo que más le divierte a tu hermana. Ella me lo dijo.

Chase se concentró en esa parte de lo que había dicho ella porque el resto le recordaba que, si bien el Gran Bart lo había empleado, nunca lo había mantenido, al menos desde que cumplió dieciocho años, y no quería tener eso en común con esa mujer.

–Es verdad –confirmó ella sin dejar de mirarlo–, pero Ariella es hermosa. Sus desafíos la llevan a las portadas de la revistas y a los brazos de hombres muy ricos. Es posible que sus correrías le parezcan bochornosas a mi padre, pero la considera una especie de moneda, de divisa. En ese sentido, yo estoy sin blanca.

–Yo soy muy rico –comentó Chase parpadeando–. En todo tipo de divisas.

–No me he casado contigo por tu dinero –replicó ella con delicadeza–. Me he casado contigo porque así podré recordarle siempre a mi padre que me he sacrificado obedientemente por él, con un hombre rico al que quería controlar. Eso indica la divisa que le gusta a Amos Elliott –ella esbozó esa sonrisa que tanto lo alteraba a él–. No es un hombre muy agradable, es preferible tener algún triunfo en la manga.

Entonces, se sintió atrapado en el reflejo dorado de sus ojos, o quizá fuese que el sol ya se acercaba a la línea del horizonte.

–¿Acaso estás buscando un hombre agradable? –preguntó él sin saber de dónde había salido la pregunta.

–Te resultaría complicado ser peor que mi padre. A no ser que fuese tu único objetivo en la vida, y una búsqueda superficial en Google deja muy claro que has hecho otras cosas.

¿Estaba siendo amable con él? No podía comprenderlo y le abría una ranura demasiado cerca de esa oscuridad que no podía dejar salir a la luz, que no podía permitir que nadie viera. Sabía lo que lo llamarían si lo vieran. Él se llamaba eso, y cosas peores, todos los días. Monstruo. Asesino. Tenía las manos manchadas de una sangre que nunca podría lavarse y esa mujer, con unos ojos como oro líquido y la boca más suave que había tocado, estaba siendo amable con él el mismo día que su padre los había atado en un matrimonio despreciable.

–Vendí a mi hermana porque su matrimonio beneficiaba a la empresa. Hoy me he vendido a mí mismo. Ten cuidado, Zara, también te destrozaré a ti si me dejas.

Su voz fue más gélida que el frío de diciembre, más gélida que lo que tenía encerrado dentro de sí, que esos recuerdos y esas decisiones espantosas. El día que perdió a su madre en una carretera de Sudáfrica donde tomó la decisión que lo definía, la decisión con la que seguía sin poder vivir tantos años después. Por no decir nada de la relación con el padre al que le parecía que todavía tenía que demostrarle su valía, aunque el Gran Bart Whitaker ya no la veía.

Ella lo miró detenidamente y sonrió. Él supo que esa sonrisa era verdadera, aunque le hizo daño.

–No te preocupes –replicó ella con calma–, no te dejaré.

Capítulo 2

L
A CASA parecía sacada de una novela gótica y
ella tuvo que dominar el estremecimiento que le
producía el hombre de humor sombrío que tenía
al lado.

–¿Tienes frío?

Chase se lo preguntó con aparente cortesía, pero su
mirada era como lava azul que la abrasaba por dentro y
nada cordial.

–En absoluto –mintió ella–. Tu casa es muy acogedora, ¿verdad?

Volvió a pensar que era gótica. Había leído muchas
más novelas góticas que la mayoría de las personas, y
no solo porque estuviese escribiendo una tesis doctoral
sobre el asunto. En cierto sentido, debería haberse esperado encontrarse en medio de una. Era lo único que
le faltaba al absurdo día de su boda.

–Estamos en diciembre –contestó Chase en un tono
tan gélido como lo que iluminaban los faros de la limusina–. Nada es acogedor en esta época del año y en esta
zona del país.

Sin embargo, había algo más, se dijo ella. Aunque
quizá fuese su imaginación, que siempre había sido tan
calenturienta como pragmático era el resto de sí misma.
La vieja casa de piedra se elevaba como una aparición
en lo alto de un camino serpenteante flanqueado por árboles fantasmales cubiertos de nieve y hielo. Varios
centímetros de nieve tapaban el tejado de la casa y los

carámbanos colgaban de los canalones aunque el cielo estaba despejado, muy oscuro, pero despejado. Intentó imaginarse la casa con flores en primavera o resplandeciente por el sol del verano, pero no lo consiguió. Por primera vez en su vida, se cuestionó su adicción a las novelas góticas. Quizá la hubiesen ayudado durante una adolescencia complicada y hubiesen allanado el camino hacia lo que esperaba que fuese el trabajo de su vida, pero también habían hecho que fuese demasiado susceptible a las mansiones viejas y amenazantes, a los maridos que no conocía casi y a todo lo que se ocultaba entre las sombras de lugares como ese.

–¿Estás seguro de que no hay alguna mujer loca encerrada en la buhardilla? –preguntó ella, aunque le salió un tono más tembloroso que irónico.

–¿Para que, oportunamente, yo sea bígamo y puedas librarte del embrollo en el que estamos metidos? Me temo que no, lo siento.

Ella no lo habría considerado lector de *Jane Eyre*, ni lector en absoluto. Además, no parecía sentirlo lo más mínimo ni estar bebido, algo que ella no podía entender. Había esperado que se pusiese pesado, cuando siguió bebiendo de la botella, y se había preparado para sus ronquidos, pero solo parecía más nervioso. Quizá la casa y el hombre fuesen más acogedores a la luz del día, se dijo a sí misma mientras el coche aparcaba delante de la inquietante entrada principal.

Sin embargo, daba un poco igual. No estaba allí para formar un hogar feliz. Estaba allí porque su abuela había querido que lo intentara, porque eso demostraba, de una vez por todas, que era la hija buena. Eso dejaría zanjado el asunto, su padre tendría que reconocer por fin...

–Vamos.

Su recién estrenado marido lo dijo desde demasiado

cerca, con una mano en su costado y con esa mirada que la abrasaba tanto como el ligero contacto. Cuando giró la cabeza para mirarlo, fue peor todavía. Esa llamarada irracional e incontrolable...

–Me gustaría quitarme esta ropa, si no te importa, y olvidarme de esta farsa lo antes posible.

Zara no pudo evitar imaginarse a Chase Whitaker sin ropa; ese cuerpo esbelto, terso y musculoso, ese poder contenido... ¡Tenía que dominarse! Entonces, fingió que no había visto el brillo de sus ojos, como si pudiese ver sus pensamientos obscenos.

Chase la condujo al vestíbulo adornado con tapices y obras de arte, con molduras que parecían escarcha decorativa. Le presentó a la señora Calloway, el ama de llaves, sin aminorar el paso y subió con ella al segundo piso. Zara entrevió elegantes estatuas, obras de arte valiosísimas, habitaciones preciosas y pasillos largos y resplandecientes mientras pasaban de largo a toda velocidad. Él no dijo nada y ella no podía decirlo. No solo por esa casa sacada de los libros que estudiaba, sino porque ya se acercaba el momento de quitarse ese vestido por fin y, si Dios quería, de meterse en un baño muy caliente durante cinco horas. Cada paso que tenía que dar era una tortura. Además, Chase era algo más que arisco. Iba a su lado furioso y dominándose, era especialmente evidente en un sitio como ese, con habitaciones vacías y el eco de los pasos.

Estaba poniéndose histérica, se reprendió a sí misma. Cuando se repusiera, dejaría de pensar así. Recuperaría el móvil, que esperaba que estuviera en la bolsa que había dejado en la limusina, oiría todos los mensajes de disculpas que le habría dejado Ariella o, si no, como era más probable, llamaría a su hermana hasta que contestara y le explicara ese embrollo monumental que había organizado. Entonces, quizá todo eso le pareciera algo menos gótico. Sobre todo, si salía de ese maldito vestido antes de que la gangrenara para siempre.

–Ya hemos llegado –gruñó Chase abriendo una puerta.

Ella parpadeó con el corazón acelerado y se sintió clavada en el suelo.

–¿Esta es...?

–Tus habitaciones –él sonrió con desdén–. A no ser que tuvieses pensado que nuestro matrimonio fuese más tradicional. Estoy seguro de que podrías convencerme. He bebido suficiente whisky como para que cualquier cosa me parezca una buena idea. Mis habitaciones están al final de este pasillo.

Zara pensó que prefería morirse antes que convencerlo de algo por el estilo. Además, estaba segura de que no tendría que convencerlo de nada si ella fuese la esbelta y seductora Ariella.

Aunque no lo deseaba. Siempre había sido alérgica a esa versión masculina de su hermana, a las versiones en joven de su padre, arrogantes y satisfechos de sí mismos. A pesar de eso que sentía por dentro y que era francamente peligroso.

–El whisky deja de tener efecto –comentó ella con desenfado–. Además, yo no he bebido –entró dispuesta a dormir allí aunque fuera una celda y tuviera que dormir en el suelo–. Es perfecta, gracias.

–Zara –ella se detuvo contra su voluntad y sin poder evitarlo–. Volveré más tarde.

–¿Para qué? No voy a convencerte de nada. Da igual cuándo vuelvas.

Él dejó escapar un sonido parecido a una risa y ella, disparatadamente, lo sintió como una caricia de sus dedos en la espalda. No había ningún motivo para que ella lo sintiera y no había ningún motivo para que su cuerpo reaccionara a él como lo hacía, con avidez.

–Volveré –repitió él en un tono áspero y sombrío.

Ella también lo sintió, como si fuesen sus manos sobre su piel. Asintió con la cabeza para no dejarse llevar por el pánico, esperó a que él se marchara y cerrara la puerta, soltó todo el aire que no sabía que había estado conteniendo y parpadeó. Entonces, miró alrededor.

La suite tenía un papel pintado azul con formas geométricas de un negro muy elegante y una chimenea ya encendida con un sofá y dos butacas delante que pedían a gritos un libro, una manta y una tarde lluviosa de lectura. La cama tenía cuatro postes, una colcha, varias mantas de colores y muchas almohadas de aspecto mullido. Era una habitación alegre que disipó todo ese temor gótico e hizo que se sintiera agotada y ridícula de paso.

Se fijó en unas fotografías que había en la repisa de la chimenea. Se acercó y comprobó que todas eran de una chica alta, morena, con serios ojos oscuros y una enigmática sonrisa en el hermoso rostro. Mattie Whitaker, la detestable hermana de Chase. Ella leía prensa sensacionalista y no solo cuando estaba atascada en la fila del supermercado. Mattie había salido en todas las revistas por su matrimonio secreto con el mayor rival del playboy Chase, aunque ella no creía que hubiese sido tan secreto si había tantas fotos de Mattie y su atractivo marido mirándose con un fondo maravilloso de Grecia detrás. Como tampoco podían ser tan rivales si Nicodemus Stathis y Chase estaban fraguando una fusión. Ella debería saber muy bien que las revistas mentían porque se había pasado toda la vida viendo a Ariella manipulándolas en beneficio propio. Sin embargo, en ese momento, lo que le importaba era el cuarto de baño de Mattie Whitaker, no el matrimonio al que la había vendido Chase, según él, ni lo que hubiesen podido decir las revistas.

–Será algo de lo que podremos hablar Mattie y yo en la cena de Navidad –dijo en voz alta mientras se dirigía a la puerta que había en el extremo opuesto del dormitorio–. De nuestros maravillosos matrimonios forzados, sean secretos o no.

Dejó de pensar en todo eso y suspiró de placer cuando entró y vio la bañera de sus sueños. Era tan grande y profunda que cabría un grupo de personas y estaba delante de unas ventanas altas que daban a la aterciopelada noche. Abrió el grifo y echó un tapón rebosante de las sales de baño que había en el borde de la bañera. Luego, se arrancó el velo sin importarle que le dolieran los tirones de las horquillas y lo tiró al suelo. Gimió de alivio, se acarició el cuero cabelludo, se quitó las horquillas que quedaban y se soltó el pelo. Había llegado el momento de lidiar con ese vestido que la torturaba. Tiró de él y se retorció para intentar liberarse. Era mucho más difícil de lo que se había imaginado, pero estaba desesperada y tiró hasta que oyó que se rasgaba. Se lo bajó y apartó con los pies la voluminosa nube blanca. Le dolían los pechos y podía ver las profundas marcas rojas que le había dejado el corsé en los pechos y el abdomen. Tenía una piel que se marcaba con cualquier cosa y, además, ese vestido se lo habían hecho a su hermana, quien se parecía a una gacela muerta de hambre, y había necesitado el corsé para crear la ilusión de que tenía escote y no para comprimir unos pechos que sí existían. El alivio por liberarse de esa tortura fue tan grande que se le llenaron los ojos de lágrimas. Sin embargo, se negó a derramarlas en esa mansión gótica con un marido saturado de whisky que podía ser peligroso y al que no había conocido hasta la ceremonia. Además, podría no parar cuando esa boda solo era la última de toda una serie de cosas por las que podría llorar si empezaba. No lo haría ni allí ni esa noche. Su abuela se había mantenido firme hasta el último día y ella podía hacer lo mismo con mucha menos provocación.

Se quitó los zapatos planos que había llevado todo el día, afortunadamente, Ariella y ella tenían el mismo número, y también se quitó el tanga rojo, lo único de todo ese día raro y complicado que era suyo. No pudo contener un suspiro cuando se metió en la bañera por fin. El agua estaba caliente y las burbujas tenían la altura justa. Se recogió el pelo en un descuidado moño en lo alto de la cabeza e intentó imaginarse a la glamurosa Mattie Whitaker en esa bañera. Mattie Whitaker, quien, para ella, se parecía mucho a Ariella, alta y esbelta, con novios de quita y pon y con la capacidad de flotar por la vida sin preocuparse de nada.

La vida de ella había sido privilegiada a su manera, pero era mucho menos radiante aunque también era una Elliott. No había estado a la altura desde el nacimiento a pesar de los miles de sermones que le había soltado Amos al respecto, aunque haberlo estado le habría resultado muy conveniente.

Sin embargo, ese día sí había estado a la altura, ¿no? Había hecho lo que le había pedido su abuela y le había dado a su padre la última ocasión de tratarla de otra forma.

Cerró los ojos, se recostó en la porcelana y aspiró el vapor con olor a jazmín mientras intentaba relajarse, mientras intentaba no pensar en lo que había pasado hacía unas horas en esa iglesia ni en lo que podía pasar más tarde ni en lo que se había metido al casarse con un hombre que era un desconocido y que, además, se había presentado en su boda medio borracho y furioso.

No supo cuánto tiempo se quedó en el agua, entre el vapor que le borraba las marcas del vestido y el dolor de cabeza. Se planteaba vagamente la posibilidad de salir y buscar algo de cena cuando notó la tensión en el aire y, a regañadientes, abrió los ojos. Entonces, vio a Chase en la puerta, desvergonzado, tan peligroso que se le erizó el vello de la nuca y, aparentemente, sobrio.

Dejó de respirar por un momento y le dio un vuelco el corazón antes de desbocarse. Algo le atenazaba la garganta y no podía dejar de mirar fijamente a ese hombre que no debería estar allí. Tenía que decir algo, tenía que hacer algo, pero era tan hermoso que le dolía, sobre todo, cuando se había quitado el traje de la boda, estaba descalzo y llevaba una camisa que no se había metido por dentro de los vaqueros. Además, los ojos azul oscuro parecían más intensos que antes, remotos y con ese algo penetrante a la vez, como una poesía despiadada. Ella no supo qué le oprimió el pecho, solo supo que era demasiado agudo y alarmantemente profundo.

—¿No deberías estar desmayado por ahí? —preguntó ella en un tono más áspero del que había pretendido.

Quizá así fuese como se portaba él cuando estaba bebido y hacía el majadero. Ella había presenciado el amargo final del matrimonio de sus padres después de muchas noches de borracheras. Ariella se había escabullido mientras ella había intentado refugiarse en libros donde, normalmente, la trama no era verdad. Desde entonces, no le había visto ningún atractivo a emborracharse. Aunque, hasta eso, parecía sentarle bien a Chase Whitaker.

—No estoy borracho, ni mucho menos —gruñó él.

Apoyó un hombro en el marco de la puerta y la miró de una forma que ella sintió como una caricia. Entonces, comprendió que lo que pasara allí daría la pauta para toda su relación, durara lo que durase y fuera como fuese. Si él creía que podía entrar allí sin llamar, ¿qué más creería que podía hacer? La habían criado en un régimen sin límites. Su padre era un tirano. A su madre le había importado más que él lo pagara en carne propia que sus hijas. Su hermana mayor, a la que había idolatrado de niña, cada año era más desagradable. Ariella estaba haciendo un curso acelerado para convertirse en su padre, un hombre que creía sinceramente que podía dictar las reglas que le apetecía cumplir en cada momento solo por ser quien era y por el dinero y poder que tenía. Ella estaba harta de la falta de límites.

–Lárgate –le dijo tajantemente–. En este instante. Me tomo muy en serio mi intimidad.

–¿No estamos unidos inseparablemente? –preguntó él en un tono sombrío, burlón y serio a la vez–. Estoy seguro de que he oído algo de eso hace unas horas.

–Estamos quitándonos una espina –le corrigió ella empleando la misma frase de él–. Además, es posible que me haya casado contigo, pero no acepté ningún tipo de intimidad. No la quiero y es innegociable.

–¿Hay algo que haya sido negociable? –preguntó él casi con indiferencia, aunque la miraba intensa y arrebatadoramente–. Que yo recuerde, tu padre me paseó por delante a tu hermana con todo tipo de dudosas vestimentas y diciéndome que me machacaría si no me casaba con ella.

Zara se sintió como si estuviese viendo esa conversación desde muy lejos. Fue su manera de decir «dudosas vestimentas», que invocaba a Ariella como si fuese un genio de una botella y ella lo único que quería era romper esa botella contra el suelo. Si hubiese tenido algún sentido, quizá se hubiese sentido dolida... u ofendida.

–¿Se trata de eso? –preguntó ella con una frialdad que no sentía–. ¿Te han privado de la anhelada atracción principal, te han dejado con la suplente, que es mucho menos interesante, y quieres ver hasta dónde llega ese cambio? ¿Por qué no lo has dicho?

–No entiendo...

Ella no se lo pensó dos veces, apoyó las manos en los bordes de la bañera y se levantó. Le zumbó algo dentro de la cabeza, pero no apartó la mirada de los ojos de Chase.

–Aquí lo tienes –dijo ella con la voz temblorosa por el desafío, la rabia y la decepción–. Míralo bien porque no voy a hacerlo otra vez y, efectivamente, es tan malo como te temías. Te has casado conmigo, no con Ariella. Nunca seré la musa de un modisto, nunca me fotografiarán en biquini salvo para abochornarme, nadie me llamará flacucha y nadie ha dicho jamás que sea hermosa. Nunca ayunaré para quedarme como Ariella y aunque lo hiciera, aunque quisiera, daría igual. Tenemos una constitución completamente distinta.

Por un interminable momento, solo oyó el agua de la bañera y las palpitaciones que le retumbaban en los oídos. Chase se limitó a mirarla fijamente. Estaba petrificado, pero algo que ella no podía interpretar se reflejaba en su rostro y hacía que pareciera más que meramente hermoso. Era algo tan peligroso e intenso que ella lo notó muy dentro. Entonces, parpadeó y ella comprendió que le importaba mucho lo que fuese a decir, mucho más de lo que debería. Eso significaba que había cometido un inmenso error, como solía pasarle cuando actuaba sin pensar.

–Efectivamente –reconoció él con la voz ronca y mirándola abrasadoramente–. Tenéis una constitución completamente distinta.

Si ella lo hubiese golpeado con una maza en la cabeza, no lo habría aturdido tanto. Era tan... rosa, tan perfecta... No podía pensar en otra cosa. En la limusina le había parecido redondeada y sólida con toda esa tela blanca, casi como la carpa de un circo. Había sido despiadado y quizá ese fuese su castigo... o quizá fuese su recompensa por todo eso, le susurró una vocecita interior que le llegó desde mucho más abajo que su cerebro. Eso era casi indiscutible. Ella era una sinfonía de cur-

vas, una exuberancia maravillosa desde el delicado cuello hasta los pechos perfectos, abundantes, sonrojados
por el calor, pero con una venillas azules que le recordaban lo blanca que era su piel. Los pezones eran tan
descarados que se le hacía la boca agua y quería pala-
dearlos. Se alegró de haberse apoyado en la puerta porque si no, no podría mantenerse de pie. La curva de la
cintura hizo que comprendiera esos estilos de arte a los
que nunca había prestado mucha atención, sobre todo,
cuando la amplitud acogedora de las caderas hacía que
el recortado triángulo que tenía entre las piernas fuese
más apetecible todavía. Quería estar ahí como no recordaba haber querido nada jamás.

Además, esa maraña cobriza con reflejos dorados que
se había sujetado de mala manera en lo alto de la cabeza
y que, por la humedad y el calor, dejaba que algunos me-
chones cayeran como espirales para enmarcar su elegante
rostro. Estaba duro como una roca y solo podía pensar en
introducir las manos en esa espesura para sujetarla mientras entraba implacablemente entre sus muslos perfectos,
mientras devoraba esa boca increíblemente carnosa...

Entonces, comprendió que era un producto de su
tiempo y sintió lástima por los hombres de su edad. Él,
como ellos, siempre había preferido, por costumbre, a las
mujeres altas y esbeltas, con esa delgadez que indicaba
que habían pasado muchos años de privaciones. Mujeres que llevaban ropa que realzaba sus caderas estrechas.
Mujeres que salían bien en las fotos, sobre todo, en las
que solía salir él. Las mujeres como Zara nunca deberían
verse constreñidas por algo tan ridículo como la ropa mo-
derna, ni por ese vestido monstruoso que había llevado
ese día. Nunca deberían salir en fotos que adoraban los
ángulos y penalizaban las curvas delicadas. Cuerpos
como ese, como el de ella, estaban hechos para verlos en
todo su esplendor, estaban creados para venerarlos. Se

dio cuenta de que ella se había grabado tan dentro de él que quizá no volviera a ver nada más ni a nadie más. Además, le dolía la erección.

–Muy bien, entonces, no tendremos que repetir esta situación –comentó ella.

Él seguía fuera de combate, el corazón intentaba salírsele del pecho y no podía seguir lo que estaba diciendo ella. Por eso, se quedó donde estaba y la observó mientras salía de la bañera y se cubría ese cuerpo impresionante con una toalla. Quiso protestar a gritos.

–Ya puedes marcharte –siguió ella con una voz más tensa todavía, aunque con algo desolador en los ojos–. Creo que esta noche ya no harán falta más clases prácticas, ¿verdad?

Él pudo pensar otra vez, con los dos hemisferios del cerebro, y se recordó algo que no podía creerse que hubiese olvidado ni por un segundo. Prefirió no analizarlo demasiado cuando esa esposa que no quería seguía al alcance de la mano, con esa piel sonrojada por el baño, con esos ojos dorados como ascuas... ¡No! Tenía que recordar que, por encima de todo, era una Elliott. Había resultado ser mejor que su frívola y vulgar hermana, por no decir nada de ese cuerpo, pero, aun así, era una Elliott y eso significaba que solo había una solución.

–Agradezco el espectáculo –contestó él en un tono que hizo que ella se resintiera como si hubiese sido una bofetada.

Era exactamente lo que él había querido, pero se despreció a sí mismo. Había creído que hacía años que había llegado al punto máximo en ese sentido, pero siempre podía caer más bajo. Esperó a que ella se sonrojara y hasta que su mirada fuese de rabia.

–Hay un comedor privado en esta planta, encima de la biblioteca. Sigue el pasillo hasta el final y verás una puerta en forma de arco. Tienes diez minutos.

–Tendrás que llevarme muerta, solo así volveré a pasar un minuto contigo.

Él pudo captar la furia de su mirada, la furia y algo más sombrío, algo que no quería saber qué era.

–Créeme, Zara, preferirás que no vuelva y que fuerce la situación.

Él lo dijo en voz baja, en un tono nada cortés y con algo que no quería saber qué era reflejado en la cara, al menos, eso le pareció cuando ella se puso rígida, y no fue porque se sintiese ofendida.

Capítulo 3

LA ESPERÓ en el pequeño comedor que el Gran Bart había reservado para su familia más cercana. Había un comedor enorme en la planta inferior, cerca del anticuado salón de baile que en ese momento tenía el piano de cola que había tocado su madre, y otro mediano que su padre usaba para reuniones más pequeñas, pero ese siempre había sido especial e íntimo. Exactamente, lo que Zara había dicho que no quería. Hizo una leve mueca de desdén y se apartó un poco de la ventana para ver su reflejo con la oscuridad de la noche de fondo. Ya sabía lo que iba a ver y no tenía sentido hacerlo. Ya no podía cambiar nada, ya estaba hecho. No había sido una buena idea ir a ese dormitorio, solo había resaltado el alcance de sus fracasos. Nunca había pasado mucho tiempo en los aposentos de Mattie, ni siquiera cuando eran pequeños y mucho más felices.

Ni siquiera en ese momento, después de que hubiesen pasado tantos años desde que ella se marchó y a pesar de que hacía dos meses ella se hubiese sacrificado por la familia y la empresa al casarse con Nicodemus Stathis, podía pensar en su hermana sin desgarrarse por el remordimiento. Era tan profundo que lo dejaba devastado e impotente. Siempre le había parecido una delicadeza mantener esa distancia, dejar que ella creciera sin el peso sombrío de los secretos que él acarreaba, dejar que al menos ella fuese libre. Nada de eso había dado resultado. La última vez que habían hablado, Mattie le había dicho que entendía que él no se despertaba todas las noches gritando, llamando a su madre una y otra vez. Le había parecido descarnada, muy distinta a como solía ser, pero él había sido incapaz de afrontarlo, como le pasaba con todo. Era un absoluto cobarde, pero eso no era ninguna novedad.

Él no se despertaba por las noches, pensó mientras volvía a mirar por la ventana aunque no podía ver el río Hudson en la oscuridad. Las pesadillas no tenían sentido porque los fantasmas lo acompañaban de día, nunca olvidaba lo que había hecho... y su padre tampoco lo había olvidado. Quizá por eso el Gran Bart Whitaker hubiese dejado tan desordenado su imperio, algo impropio de su padre. Él había sido siempre su heredero y por eso se había pasado los últimos diez años abriéndose paso hasta que llegó a ser vicepresidente en la oficina de Londres. Nunca le había importado que su futuro ya estuviese trazado. Había disfrutado con el reto de demostrar que no era solo su apellido, que era un empresario por méritos propios independientemente de lo que diese a entender la prensa. Todo el mundo había dado por supuesto que pasaría de Londres a la sede central de Whitaker Industries en Nueva York para acabar liderando la empresa. Ese había sido el plan, salvo que nunca había llegado el momento oportuno. Bart siempre había tenido que hacer otras cosas antes y él siempre había encontrado un motivo para quedarse en Londres. En ese momento, se daba cuenta de que la verdad era que los dos se sentían más cómodos con un océano por medio. Quizá no hubiese sido un error que Bart le hubiese dejado arreglárselas por sí mismo. Quizá Bart hubiese pensado que no se lo merecía si no era capaz de aferrarse a Whitaker Industries a pesar de las agotadoras maquinaciones de Amos Elliott y de los problemas de liquidez, que se resolverían con la fusión con su flamante cuñado. Además, él tenía que estar de acuerdo.

Se había olvidado de dónde estaba hasta que oyó unas leves pisadas y olió el delicado aroma a jazmín.

–No entiendo qué es esto –dijo Zara en tono tenso desde la puerta. Aunque había sido puntual–. No entiendo qué quieres.

Él tampoco lo entendía y eso le asustaba, pero la única vez desde hacía seis meses, ¡desde hacía veinte años!, en la que se había olvidado de esa carretera solitaria de Sudáfrica y de lo que había hecho allí, de lo que le había hecho a su familia y a sí mismo, había sido cuando Zara le había sostenido la mirada y había hecho todo lo posible para desconcertarlo. En el cuarto de baño, desde luego, pero también en la limusina. No quería que eso significara algo, pero tampoco podía pasarlo por alto y eso era fatídico para los dos.

Se dio la vuelta lentamente y sintió un pesar profundo y muy masculino cuando vio que se había vestido... como era natural. Llevaba unos pantalones negros y ceñidos a las maravillosas caderas y las preciosas piernas y un jersey que parecía especialmente suave y que era lo bastante amplio como para que se le asomara un hombro cuando se movía. Tenía el indómito pelo peinado y perfectamente recogido en la nuca. Él quiso recuperar a la otra Zara, a la criatura divina, poderosa e irresistible que quería paladear con la lengua por todos lados, a esa mujer impresionante que él, por desgracia, sabía que estaba allí, aunque cubierta por una ropa que no podía favorecerla tanto como no llevar nada de ropa. Era su esposa... y era su noche de bodas. Que Dios se apiadara de él, seguía... duro.

–Es nuestro matrimonio –contestó él.

Había sido arisco y había pensado que ella se achantaría otra vez, pero se limitó a entrecerrar los brillantes ojos.

—Espero que también sea la cena. Si no, puedo desmayarme de hambre. Si bien eso podría ser una escapatoria muy oportuna para tanta emoción, no creo que sea lo que tienes pensado —replicó ella como si estuviese hablando del tiempo y se hubiese puesto una coraza debajo de la ropa.

—No me he casado nunca por conveniencia, pero es posible que los desmayos por la noche sean de rigor.

Ella entró en la habitación sin disimular la cautela, se sentó en el borde de la butaca que estaba más cerca de la puerta y lo miró.

—Los matrimonios concertados son bastante estables, más que los matrimonios por amor... en un sentido histórico —comentó ella al cabo de un rato.

—¿Porque los conciertan hombres como tu padre que se preocupan amorosamente por los contrayentes o porque a ninguno de los contrayentes les importa gran cosa?

—Por lo último, creo —contestó ella como si no hubiese captado el sarcasmo—. Al menos, en nuestro caso. Naturalmente, una vez que te has repuesto de la impresión de encontrarte con la hermana equivocada en el altar.

Su mirada fue tan árida como su voz y él no pudo entender por qué le importaba cuando sabía que no debería importarle.

—Para empezar, me sorprendió enterarme de que la tristemente célebre Ariella Elliott tenía una hermana —él intentó ser menos brusco—. No había salido en las conversaciones que tuve con tu padre ni en ninguno de los artículos que he visto sobre tu hermana a lo largo de los años, aunque tampoco te escondieron en esas cenas a las que asistimos los dos.

Él seguía junto a la ventana y la miraba como si fuese a descubrir algo. Además, tenía las manos metidas en los bolsillos para dominar esa atracción que él se negaba a reconocer, como si le preocupara que si no, tendría que hacer un esfuerzo para no tocarla. Ella sonrió. Fue una bofetada gélida que le dijo una serie de cosas sobre ella que no quería saber.

–No salgo con músicos o actores. No asisto a las fiestas que cubren los paparazzi y mucho menos salgo tambaleándome de ellas a horas intempestivas. Me gustan más los libros que las personas. Me temo que nada de eso da para un cotilleo interesante.

–Entonces, ¿qué dirían los cotilleos de ti, aunque no sea interesante?

Su boca y el brillo apagado de sus ojos dorados transmitieron cierta vulnerabilidad, pero mantuvo la cabeza alta y no dejó de mirarlo.

–¿Lo preguntas por interés de marido amable o solo quieres reunir munición?

Ella no era lo que se había esperado, ni mucho menos, y eso le despertaba un deseo ardiente.

–Todo es munición, Zara, pero solo si estás en guerra.

Ella esbozó una sonrisa levísima que se esfumó acto seguido.

–Y, naturalmente, nosotros no estamos en guerra.

–Es nuestra noche de bodas, ¿no?

Ella lo miró detenidamente y él deseó que todo fuese distinto, que, para empezar, lo fuese él y que ella no fuese quien era, una Elliott y su esposa.

–Estoy escribiendo una tesis doctoral sobre la novela gótica –comentó ella al cabo de un rato–. Según mi padre, habría hecho mejor en licenciarme en algo más práctico para las conversaciones en los cócteles. Todo el mundo tiene una opinión sobre *Romeo y Julieta*, por ejemplo. ¿Por qué no estudiar eso en vez de libros ridículos que solo leen mujeres histéricas?

Él dejó de pensar lo que estaba pensando.

–¿Tu padre pone objeciones a los títulos superiores? La mayoría de los padres estarían orgullosos.

Como los suyos, por ejemplo.

–La universidad es el refugio para las feas y aburridas –replicó ella citando a su padre–. Si bien él admite que es un sitio perfecto para quienes se parecen a mí, yo sigo siendo su hija y tengo que ser mejor moneda de cambio. Esos descerebrados hijos de banqueros que quiere que conozca no tienen paciencia con las mujeres que piensan un poco.

Él se quedó mirándola fijamente y ella sonrió con más frialdad que antes.

–Tienes que saber que no eres nada de eso.

Él no supo por qué lo había dicho. No era una sesión de psicoterapia y él era el menos indicado para dar consejos a nadie. Los ojos de Zara dejaron escapar un destello gélido.

–Me encanta que sean condescendientes conmigo, pero lo sobrellevo mucho mejor si como.

En realidad, eso era una guerra y Zara era munición. No debería haberle sorprendido que Amos Elliott fuese atroz con su hija y no le sorprendía. Tenía que dejar de fingir que él era distinto, que era una especie de héroe que podía salvar a cualquiera de cualquier cosa. Ya no se chupaba el dedo, ya sabía perfectamente lo que era, un asesino. Sin embargo, eso se trataba del futuro, no del pasado. Pidió la cena, acompañó a la hija de su enemigo hasta la mesa, se sentó enfrente de ella y empezó la guerra en serio.

–¿Qué haces aquí? –preguntó Chase.

Zara dio un respingo al oírlo, se dio media vuelta y

se quedó de espaldas a la estantería con el corazón desbocado. No supo por qué no había gritado... y, entonces, lo vio. Estaba a unos metros, descalzo, con vaqueros y la camisa que ya había comprendido que era su favorita. El pelo despeinado era lo único que indicaba que era una hora de la noche a la que casi todo el mundo estaba dormido. Debería haberle parecido desaliñado, pero era Chase Whitaker y, en vez de eso, le pareció letal. Además, la miraba de una forma que conseguía que le palpitara todo por dentro. No habría podido gritar aunque hubiese querido. Se conformaba con no ronronear... y esa palpitación no cesaba por mucho que supiera que era un disparate que reaccionara así por un hombre al que había decidido tolerar sin más.

–No podía dormir –contestó ella innecesariamente.

Su presencia en la espaciosa biblioteca a esa hora lo dejaba muy claro, pero prefería decir cualquier cosa a dejarse llevar por su traicionero cuerpo y ronronear.

Una tormenta de diciembre sacudía la vieja casa de piedra. Las ventanas vibraban, los suelos de madera crujían y aunque ella había decidido no dar rienda suelta a la imaginación, tampoco había podido dormirse. Por eso, se había levantado de la cálida y mullida cama, se había puesto el jersey de lana que solía usar como bata y había bajado a la biblioteca, donde la chimenea estaba siempre encendida y la tormenta hacía que se sintiera cómoda en vez de vulnerable. No como su marido hacía que se sintiera en ese momento.

Él la miró detenidamente. Ella se sintió como su presa... y sintió un calor injustificable en una noche de invierno como esa. Tragó saliva, se apartó de la estantería con la novela del siglo XVIII que había elegido pegada al pecho y fue hasta uno de los butacones de cuero que había delante de la chimenea. Se acurrucó sentada encima de las piernas e intentó convencerse de que se sentía mucho mejor, independientemente de lo acelerado que tuviese el corazón. No le sorprendió que él también se sentase enfrente de ella con esa elegancia que la hipnotizaría si se dejaba. Entonces, la miró con esos ojos azules imperturbables que hacían que se le erizara todo el vello del cuerpo. Había sido una semana muy rara.

–Bienvenida a tu luna de miel. Durará un mes y la pasaremos aquí, recluidos como hacen los recién casados.

Eso fue lo que él le había dicho aquella primera noche en el pequeño comedor donde comían siempre. Había dado vueltas a la increíblemente buena comida como si estuviese demasiado inquieto, o demasiado bebido, y la había observado. Siempre estaba observándola, buscando algo que ella no quería nombrar, sobre todo, después de que le hubiese dejado verla desnuda. Tenía de dejar de pensar en eso, se ordenó a sí misma sin resultado.

–Todos los recién casados que conozco pasan sus lunas de miel en alguna red social documentando sin parar lo felices que son –había replicado ella–. Es un signo de los tiempos.

–No es un signo de nuestros tiempos –la mirada de él se había oscurecido más todavía–. Te pondrás en contacto con quien tengas que ponerte en contacto para comunicarles que estarás ilocalizable el resto de diciembre. Incluidas las fiestas.

–¿Te refieres al director de mi tesis? No hace falta. El trimestre ya ha terminado casi y la semana pasada terminé todo el trabajo que tenía asignado.

Ella no había entendido por qué le respondía como si él tuviera derecho a decir dónde y cómo iba a pasar el tiempo; por qué había estado fingiendo que era una conversación normal cuando no lo era, cuando el espectro de su desnudez había flotado entre ellos, sobre esa mesa, como si estuviese tan desnuda como lo había estado en la bañera. Desde luego, no había entendido por qué le había dicho aquello, por qué no se había hecho la víctima. Entonces, se había recordado a sí misma que no era una heroína gótica, que daba igual lo que le dijera a ese hombre.

–Has tenido mucha suerte de que lo hiciera –siguió ella sin disimular el fastidio consigo misma–. Si no, tendría que decirte lo que puedes hacer con tus órdenes. No soy tu subordinada, Chase, soy tu esposa.

–Gracias –había replicado él con sorna–. No creo que vaya a olvidarme.

Ella se lo había tomado como una bofetada y no le había parecido mal. Ese hombre era demasiado tentador y no quería ser comprensiva con él, y tampoco quería desearlo. Solo quería sobrevivir lo bastante a ese matrimonio como para dejarle las cosas claras a su padre y, de paso, honrar el último deseo de su abuela. Los de la calaña de Chase Whitaker no necesitaban comprensión y el deseo era un suicidio.

–Ya que lo preguntas, creo que el matrimonio es la unión de dos personas que piensan de forma parecida. En este caso, los dos queremos que el matrimonio nos sirva de algo. Eso nos iguala maravillosamente, ¿no te parece? –le preguntó ella sin dejar de mirar esos ojos apasionantes.

–¿Así lo llamas? –había preguntado él haciendo una mueca con los labios.

–No sé qué acuerdo tenías con mi hermana –había contestado ella levantando la barbilla porque no había querido saber el acuerdo que habían alcanzado Ariella y él, y, mucho menos, cómo lo habían alcanzado–. Sin embargo, deberías saber que no soporto nada bien a los mandones que intentan decirme todo lo que tengo que hacer.

–Salvo a tu padre.

–Un mandón es más que suficiente en la vida de una mujer –había replicado ella riéndose como si todo le pareciera divertido, aunque era mentira–. Además, la cruda realidad es que tengo una tendencia muy acusada a la rebelión. Te lo digo claramente para que no haya sorpresas si decides ponerte... gruñón.

Ella habría jurado sobre un montón de biblias que había visto un brillo burlón en esos cautivadores ojos azules.

–Creo que jamás me habían llamado gruñón.

–A la cara –había replicado ella con una sonrisa.

Él se quedó tan desconcertado como divertido durante un buen rato.

–Hay una fiesta de la empresa en Nochevieja –comentó él cuando ella ya había decidido que no volvería a hablar–. La hacen todos los años, aunque no he ido muchas veces últimamente.

Ella había asentido lentamente con la cabeza intentando descifrar lo que quería decir, pero no había visto nada en esos inquietantes ojos azules y en todos los secretos que ocultaban.

–Yo sí he ido muchas veces –había replicado ella.

Y cada vez su padre había presumido de Ariella mientras a ella no le hacía el más mínimo caso o hacía que se sintiera como una intrusa. Un año inolvidable la presentó, incluso, como su hija pequeña, que no era muy agraciada y que, además, se pasaba casi todo el tiempo leyendo. Ella prefería esos años en que su invitación se «perdía accidentalmente».

–No puedo creerme que tuvieses algo mejor que hacer que deambular por las oficinas de Whitaker Industries esperando a que acabara el año. No sabes lo que te perdiste –había añadido ella.

–Estoy seguro. Será tu primera aparición como mi esposa.

Él, por fin, dejó de mirarla, pero fue para fijarse en el omnipresente vaso de whisky que tenía delante. Ella se había sentido atrapada, como si él fuese la araña y todo eso fuese una gran tela de araña.

–Estoy segura de que las masas agradecidas nos aclamarán –había comentado ella con ironía–. Sobre todo, después de nuestro mes de reclusión, como si fuésemos de tu familia real británica.

Entonces, él la había mirado y la había impresionado por el impacto de esos ojos azules, como si no los hubiese visto hacía unos segundos. Se preguntó si se acostumbraría alguna vez o si siempre sentiría lo mismo cuando estuviese con él.

–Esta vez, ponte algo que te siente bien –había replicado él.

En ese momento, estaba sentada delante de él y solo se oía el crepitar de la chimenea y la tormenta que rugía fuera. No podía asimilarlo, no le gustaba lo que acababa pensando cuando estaba cerca de él. Sentía demasiadas cosas que no quería sentir. Al fin y al cabo, eso no se había tratado nunca de él. Había dejado que su padre la metiera en ese embrollo porque había creído que así podría resolver las cosas entre ellos, como había deseado su abuela, o porque su parte pragmática le había hecho creer que le daría un buen argumento contra él. Chase había sido algo secundario. Por eso, era raro que hubiese pensado tanto en Chase y tan poco en su padre desde que había llegado allí, hacía una semana.

–¿Has llamado a tu hermana? –le preguntó él.

Había parecido una pregunta sin ninguna intención, pero eran alrededor de las dos y cuarto de la madrugada y, si había aprendido algo durante esa semana al lado de Chase, era que raramente hacía algo a la ligera, independientemente del papel que representara en las revistas.

–¿A esta hora? –preguntó ella ganando tiempo.

Él hizo una mueca que le indicó claramente que sabía lo que estaba haciendo.

–Si recuerdo bien las costumbres de tu hermana, esta sería una hora buenísima para encontrarla.

–¿Hasta qué punto conoces a Ariella?

Los ojos de él dejaron escapar un brillo que pareció burlón y ella, un poco tarde, se dio cuenta de que lo había preguntado como si le importara, cuando ella sabía muy bien que no debería importarle, que no le importaba, que no iba a permitir que le importara.

–Parece una pregunta un poco tendenciosa, ¿no? –él sonrió y todo pareció peligroso–. No sé si debería contestarla.

–Pareces muy interesado en saber si he hablado con ella o no. Me lo preguntas todos los días.

–Me dejó plantado en el altar –le explicó él en ese engañoso tono despreocupado–. Eso llama la atención o, cuando menos, exige algún comentario.

Él cambió de postura en la butaca y ella lo miró. Sencillamente, era demasiado hermoso, tenía una elegancia salvaje que no pasaba desapercibida aunque estuviese allí sentado como si fuese algo más que despiadado. Ella no confiaba en absolutamente nada de él, pero tampoco podía dejar de mirarlo.

–Yo no soy una prioridad para Ariella. No me ha llamado –le explicó ella al cabo de un rato intentando no hacer caso de esa cálida oleada que se adueñaba de ella, de ese espantoso anhelo que ella se negaba a reconocer.

Él siguió mirándola hasta que desvió la mirada hacia la chimenea y ella se sintió aliviada y abandonada a la vez. Ariella no la había llamado, ella no había mentido, pero tampoco le había parecido oportuno comentar que sí le había contestado a sus mensajes de texto y de voz. Al día anterior, por fin, le había escrito.

Esto es como un golpe de suerte para ti. Deberías disfrutarlo mientras puedas. Si no, ¿cuándo ibas a haber salido con alguien como Chase?

Esa era su explicación por haber desaparecido de su propia boda. Esa era su forma de disculparse por haber dejado que ella arreglara su estropicio y también era su forma de darle las gracias. Era su única respuesta. Era tan típica que ella había gritado boca abajo en la cama de otra mujer que se parecía mucho a su hermana, quien nunca había recibido un mensaje como ese y quien, por lo tanto, nunca tendría que superar su trasfondo. Se había dicho que le daba igual, que las malintencionadas insinuaciones de Ariella solo querían herirla y que, precisamente por eso, no debería permitirlo. Se había concentrado en su trabajo y había leído varios libros de teoría crítica que tenía que incorporar en el capítulo de su tesis que estaba preparando.

Sin embargo, en ese momento, era muy tarde, la noche era muy oscura, Chase era el hombre más peligrosamente impresionante que había tenido tan cerca en su vida y parecía como si Ariella estuviese detrás de ella, como hacía cuando era más joven, y le susurrara al oído sus pequeños dardos venenosos. El matrimonio concertado que había tenido que aceptar en vez de Ariella era un golpe de suerte porque ella no habría podido casarse con nadie por sus propios medios, y mucho menos con alguien como Chase. Ariella creía que tenía que disfrutarlo porque eso tenía que ser como una fantasía hecha realidad para la solitaria, gorda y fea Zara.

Daba igual si ella se lo creía o no. Tenía veintiséis años, no dieciséis, y ya no hacía caso a sus desagradables familiares ni a sus cantinelas sobre lo que les parecía a ellos. Lo que importaba era que Ariella se parecía tanto a su padre que no le importaba soltar algo así a su única hermana en un mensaje de texto, como si creyera sinceramente que le había hecho un favor.

Se dio cuenta de que estaba frunciendo el ceño en cuanto notó que Chase la miraba fijamente.

–¿Por qué vas siempre descalzo? ¿Has perdido la sensibilidad en los pies? Hace frío y esta casa está construida con piedras viejas y toscas.

Ella lo preguntó precipitadamente para que él no tuviera la ocasión de sacarle la verdad. No le gustó lo que sintió cuando le contó lo que opinaba su padre sobre su doctorado. Una cosa era aguantar a su familia, pero era casi peor contarlo, sobre todo, a alguien como él. Era imposible imaginárselo soportando algo así de nadie. Él volvió a torcer los labios, su versión de una sonrisa, y ella se dio cuenta de que le gustaba más de lo que debería. Como si esa fuese la versión personal de ellos sobre la felicidad. ¡Tenía que dominarse en ese instante! Haría mejor en buscar fantasmas por los pasillos, y tendría más éxito.

–He pasado casi toda mi vida en Inglaterra –contestó él en un tono tan dialogante que a ella le pareció una victoria–. Allí hace frío, pero es seco, no se te mete hasta los huesos.

–¿No te criaste aquí? –preguntó ella con asombro–. Creía que estaba durmiendo en el dormitorio de tu hermana cuando era pequeña.

Ella no supo definir la expresión de él. Era hermética e intensa y cualquier rastro de relajo había desaparecido como si no hubiese existido jamás.

–Esta era la casa de mi padre –contestó él para sorpresa de ella, que estaba convencida de que no diría nada–. La construyó mi abuelo para competir con las casas de los Rockefeller y de los millonarios como él. Mis padres la usaban como residencia principal, pero yo pasé casi todo el tiempo en un colegio de Inglaterra. Mattie pasó mucho más tiempo aquí que yo, sobre todo, después de la muerte de nuestra madre.

–Lo leí.

Había rebuscado por Internet todo lo que se había escrito sobre cada integrante de la familia Whitaker. Se había dicho a sí misma que no había podido evitarlo, que era investigadora por naturaleza, como demostraba su doctorado, que no había sentido nada cuando leyó el artículo del *Vanity Fair* sobre su difunta madre, lady Daphne, ni ese panegírico en una revista sensacionalista sobre la vida amorosa de él.

–Lo siento –añadió ella.

Entonces, le pareció captar algo vacío en la mirada de él, algo tan desgarrado que le dolió, pero se dijo a sí misma que tenían que ser las sombras de la habitación.

–Ocurrió hace mucho –comentó él en una voz muy baja.

–Mi madre no está muerta –dijo ella sin saber por qué–, pero se quedó muy afectada después de que mi padre se divorciara de ella. El dolor puede manifestarse de muchas maneras, hasta con un egoísmo extraordinario.

Él la miró fijamente y ella no supo por qué se sintió tan afligida de repente, como si todo hubiese cambiado y se hubiese estropeado.

–Dicen que el tiempo lo cura todo –comentó él al cabo de un rato.

Ella, sin embargo, sabía que no estaba curado, que el tiempo, para él, solo había pasado.

La biblioteca era amplia y de techos altos, pero, esa noche, parecía pequeña, como si ellos dos estuviesen en una cueva protegiéndose de la tormenta, demasiado íntima, y eso era lo que menos quería ella porque se conocía. Ella no tenía relaciones esporádicas, no disfrutaba como Ariella le había dicho que hiciera. No podía, no estaba hecha de esa pasta, y ese matrimonio no estaba hecho para durar. Sin embargo, él no era esporádico, le susurró una vocecita interior, por dentro, era su marido, era lo menos esporádico del mundo. Escucharla era muy tentador, pero ella ya estaba curada de espanto.

–Creo que ya es hora de que intente dormir un poco.

Ella lo dijo con un hilo de voz, como un rasguño mínimo en la calidez, la cercanía, esa expresión de sus ojos y todo lo que brotaba en ella como una respuesta que no quería oír. Como esa canción que sonaba dentro de ella y la cambiaba con cada nota. Él esbozó una sonrisa y la miró como si pudiese ver la confusión de ella en su rostro, como si fuese un desafío, un guante que le había arrojado.

–Buenas noches, Chase –susurró ella antes de marcharse corriendo.

Capítulo 4

ESTABA volviéndolo loco. Dejó que se marchara de la biblioteca, miró el reloj de pie y vio que era casi la hora de hacer su llamada diaria a Tokio. Sabía que Zara creía que se pasaba la noche dando vueltas por la casa en una especie de estupor beodo y lo estimulaba, como lo había estimulado que la prensa británica lo retratara como un muchacho malcriado que iba de juerga en juerga por toda Europa y que tenía un trabajo en la empresa de su padre hecho a su medida. Lo bueno de haber descubierto sus sombrías profundidades cuando tenía trece años era que cualquier mala reputación le daba igual. Por eso, no debería haberle importado que Zara lo hubiese mirado como el monstruo que era, que hubiese sido la primera persona que lo hubiese mirado como si lo supiera, como si pudiera ver la verdad a pesar de los veinte años de fingimiento. Lo que no entendía era por qué la deseaba todavía más por eso.

–Eres un hombre retorcido y espantoso –se dijo en voz alta, aunque ya lo sabía.

Había dicho que eso era su luna de miel, pero, en realidad, solo quería algo de tiempo para preparar el contraataque que lo libraría de Amos Elliott por fin. Su fusión con la empresa de su cuñado estaba avanzando según lo previsto, todo estaba encajando como había planeado cuando, desesperado, se había dado cuenta de que no tenía más remedio que seguir adelante con esos medievales matrimonios concertados. La venganza iba a ser más qué dulce. No podía cambiar el pasado, no podía deshacer lo que había hecho, no podía recuperar a su madre ni ser el hijo que se había merecido su padre, pero sí podía salvar Whitaker Industries. Podía conservar el segundo gran amor de su padre y podría bajarle los humos a Amos Elliott. Zara era la clave, pero no estaba portándose como él había creído que haría. Mejor dicho, como había creído que su hermana haría.

Había sabido todo lo que había que saber sobre Ariella a los trece segundos de conocerla. Se había contoneado delante de él con labios tentadores y mirada lánguida y él se había aburrido tanto como si llevara meses saliendo con ella. Era uno de los motivos por los que había accedido tan pronto a las disparatadas exigencias de Amos. Había conocido a miles de Ariellas. Indolentes, satisfechas de sí mismas y flotando en el narcisismo que les proporcionaba el dinero y la influencia de su padre. No se le ocurría ni una sola cosa que pudiera hacer una mujer como Ariella y que fuera a sorprenderle. Todo un diciembre encerrado en esa casa con Ariella habría sido muy distinto. La primera noche en el cuarto de baño habría acabado de una forma... más física. A esas alturas, ya habría podido pasar a otras cosas, como los halagos y el interés fingidos que hacían que una mujer como Ariella empezara a hablar sin parar, indiscretamente, segura de sí misma porque creería equivocadamente que, si había condescendido a que un hombre se acostara con ella, ya quedaría hechizado para siempre. Habría sido fácil.

Sin embargo, Zara no se parecía nada a su hermana. Con ella tenía que pensar y cuanto más intentaba descifrarla, más la recordaba en el cuarto de baño. Además, tenía la desconcertante idea de que, si la tocaba, perdería el control completamente. Por no decir nada de lo que le preocupaba de verdad, que, si intentaba utilizarla para sacarle información, como había pensado hacer con su hermana, ella lo sabría perfectamente. No conseguía discernir si eso le parecía irritante o excitante, lo que era mucho peor. Oyó sus pasos por el pasillo del piso de encima. Iría a su dormitorio para encerrarse con llave, como debería hacer. Oyó la tormenta que azotaba la casa como si quisiera entrar a la fuerza. Sus fantasmas tomaron posiciones alrededor de él, como si ya fuesen grandes amigos después de tanto tiempo. Su madre ese último día, riéndose como hacía siempre, con todo su cuerpo y con ese placer cautivador. Su hermana como era por entonces, joven, lista y feliz, que cantaba una canción que llevaba toda su vida intentando olvidar. Su padre cuando todavía se reía a carcajadas, como si no tuviese nada que perder, antes del día que él lo había defraudado para siempre. Lo peor de Zara era que le recordaba, de vez en cuando, lo que había sentido al ser feliz. Era imperdonable porque sabía lo que tendría que hacerle, independientemente de que no fuese como su espantosa hermana, a la que no le habría importado utilizar como una herramienta para conseguir lo que quería. Esa vez, sabía el precio que pagaría ella cuando hiciese lo que tenía que hacer, y el precio que tendría que pagar él cuando lo hiciera.

Chase quizá fuese el héroe gótico perfecto, melancólico, sombrío y, encima, despeinado de vez en cuando, pero ella había dedicado mucha energía durante el día para cerciorarse de que el resto de su vida matrimonial no se pareciera en nada a los libros que estudiaba. La casa tenía un nombre, eso era cierto, pero nadie lo invocaba ni se comportaba como si la casa estuviese viva y enfadada con sus ocupantes.

–Se llama Greenleigh –le había contestado la señora Calloway cuando se lo preguntó–. Espere hasta la primavera y comprenderá por qué. Es preciosa con la hierba y los árboles resplandecientes. La esposa del primer señor Whitaker se llamaba Leigh y por eso la llamaron así.

Ella estaba encantada de que la señora Calloway no fuese ni severa ni ceñuda. Tampoco deambulaba por la casa vestida de negro y murmurando cosas sobre el pasado. Al contrario, era una simpática anciana que se movía con energía, que quería llenar la casa de adornos de Navidad y que cocinaba como los ángeles. Su marido, quien cantaba villancicos mientras iba de un lado a otro, siempre estaba sonriente. Vivían en una de las casas de invitados que había por toda la finca y estaban felices de hablar de sus hijos y de sus nietos.

Ella escribió un mensaje de texto a sus tres mejores amigas de la universidad.

A pesar de la primera apariencia y de cierta histeria por tener que sustituir a Ariella, mi matrimonio parece sobrenatural.

Algo que no parecía compartir el público en general, si las revistas reflejaban su opinión.

¡Escándalo social! El impresionante Chase deja a un lado a Ariella y la cambia por su hermana, el patito feo.

Era lo que habían exclamado esa primera semana. Y ese fue uno de los titulares más halagüeños. A la semana siguiente, cuando ni Chase ni ella aparecieron en público, dejaron de fingir cualquier tipo de «halago».

Esos titulares podría haberlos escrito Ariella en persona. Son tan desagradables como ella.

Había escrito su amiga Amy desde Denver cuando los leyó.

No hagas ni caso y concéntrate en tu impresionante marido.

Había intervenido Marilee desde Chicago.

Que te quiten lo bailado.

Escribió Isobel desde Edimburgo.

Ella estaba sentada delante de la chimenea, su sitio favorito de la suite, y se rio en voz alta.

Tranquilas, señoras, esto no es de verdad.

Sin embargo, le preocupaba que deseara tanto que sí fuese de verdad, que lo anhelara como ese patito feo que ya era para su hermana y el resto del mundo. Era enloquecedor, como si volviese a tener trece años y la misma inseguridad de entonces.

–¿Te he ofendido de alguna manera? –le preguntó Chase èsa noche mientras cenaban.

Entonces, ella se dio cuenta de que estaba frunciendo el ceño y esbozó esa sonrisa que había puesto durante años, antes de conocerlo.

–Últimamente, no, pero estoy segura de que no tardarás mucho en solucionarlo.

Él torció esos labios perfectos con los que ella fantaseaba más de lo que debería porque todavía recordaba lo que sintió cuando la besó en la iglesia, cómo la alcanzó hasta las entrañas.

–Sin duda. La señora Calloway me ha contado que has estado interrogándola otra vez sobre mis antepasados. Zara, basta con que me preguntes a mí lo que quieras saber. Soy una enciclopedia andante sobre todos los asuntos de los Whitaker.

Ella se había encontrado con el ama de llaves en uno de los salones mientras quitaba el polvo a unos retratos de señores muy serios. Ella se había criado entre retratos parecidos que había en la casa que su padre tenía en Connecticut.

–No creo que utilizara la palabra «interrogar». Además, tus antepasados no me interesan nada. Tengo demasiados. También leí tu página de Wikipedia.

Los dos se habían criado entre retratos ostentosos, pero eso no significaba nada, no era un lazo que los uniera, solo eran cuadros. Él se dejó caer contra el respaldo de la silla como si estuviese divirtiéndose y Zara sintió una calidez que brotaba dentro de ella. Chase llevaba un jersey oscuro que resaltaba la perfección de su físico, pero no era solo impresionante. Irradiaba algo primitivo, algo que le formaba un nudo en las entrañas cuando estaba con él, algo que le endurecía los pechos y le derretía la entrepierna. Nunca había sentido nada parecido. No era la típica heroína gótica. No era ni casta ni virginal. Siempre había creído que había tenido las experiencias normales. Había tenido un novio en la universidad y otro en el instituto. Ni mucho ni poco. Había creído que sabía lo que era el deseo, pero nunca había conocido a nadie como Chase. Era como si todo hubiese sido igual antes de conocerlo. Colores primarios que se mezclaban unos con otros. Sin embargo, Chase tenía matices, negros que contrastaban con blancos. Arrebatador, incandescente, temperamental. Él era algo más profundo, algo más. Pensó que sus amigas, Ariella y las revistas tenían razón. Era una oportunidad que no se presentaba muchas veces. ¿Cuántas oportunidades tenía una estudiosa de la novela gótica de pasar el tiempo con un héroe gótico?

Ella sabía que no era espantosa. Hacía mucho tiempo que había aceptado las diferencias entre ella y todas las Ariellas del mundo. Aun así, Chase Whitaker no era el tipo de hombre con el que se había imaginado que se encontraría en ninguna circunstancia. Prefería los hombres que se parecían más a ella; ingeniosos, cerebrales, más interesantes que incandescentes, de los que podían desaparecer entre la gente en vez de llamar la atención de todo el mundo con solo entrar en una habitación. Chase era deslumbrante y estaba atrapada con él durante todo diciembre. Se imaginaba que después de la fiesta de Nochevieja, que era muy importante para él aunque por algún motivo que no iba a decirle a ella, se desentenderían el uno del otro. Recuperaría su vida, se dijo a sí misma para llenar ese vacío que le producía pensarlo. Hasta entonces, no se fiaba de él ni de sus motivos para casarse ni de esa obediencia aparente a los deseos de su padre. Sin embargo, no quería fiarse, no quería salir con él. Solo... deseaba. Daba igual que no tuviera relaciones esporádicas en circunstancias normales. ¿Qué tenía todo eso de normal? Ese matrimonio ya tenía fecha de caducidad.

—Ten cuidado, podría formarme una idea equivocada —comentó él.

Ella se dio cuenta de que había estado mirando su boca y dejó el cuchillo y el tenedor en el plato. Miró esos ojos azules, tomó aliento, lo soltó y se dijo que ninguna parte de su cuerpo se arrepentiría de haber tomado esa decisión. Podría disfrutar, y no solo porque Ariella estuviese convencida de que no lo haría. Ella no había pedido estar en esa situación. La habían arrastrado hasta el altar. ¿Por qué no iba a darse ese placer? Podía considerar ese matrimonio como una investigación y exprimir al máximo esa fuente de información. Sonrió a su marido, por el momento al menos, y el ser más hermoso que había visto.

—¿Y si quisiera que te formaras una idea equivocada?

—¿Cómo dices?

—Que este matrimonio no sea como todos no quiere decir que tengamos que renunciar a todas las ventajas de uno. Podemos elegir —contestó ella con una sonrisa.

—A ver si lo he entendido —la mirada de él fue tan ardiente que ella se quedó sin respiración—. Supongo que no estás hablando de adoptar mi apellido ni del reparto de los bienes, ¿verdad?

En otro momento, quizá hubiese dudado, lo habría planteado indirectamente para tantear el interés de él antes de comprometerse, de exponerse. Sin embargo, en ese momento, no supo qué le pasó, pero decidió que le gustaba. El último acto espontáneo e irreflexivo había sido mostrarle su cuerpo desnudo. ¿Acaso insinuarse iba a ser peor?

—Estoy hablando de la consumación, del más tradicional de los actos conyugales.

Él se quedó completamente inmóvil. Ella apoyó los codos en la mesa para mirarlo fijamente. Sus ojos azules la estremecían y hacían que se sintiera viva a pesar de lo temerario que fuera eso, a pesar de que lo lamentara toda su vida. Al menos, estaría viva.

—Estoy hablando de relaciones sexuales, Chase —le aclaró ella—. Contigo.

Zara no se arrepintió cuando lo dijo, pero sí lo sintió como algo pesado e irreversible.

—Repítelo —le ordenó él en voz baja.

Chase no se movió, pero tampoco se rio. Si acaso, parecía... eléctrico. Ni siquiera había contraído un músculo y, por eso, no tenía sentido que pareciera más grande todavía, como si todo lo que había percibido de él, esa virilidad y ese poder abrumadores, se hubiesen desatado y llenaran el aire de la habitación. Era inmenso, indómito, y nunca había deseado tanto a alguien. Se le desbocó el corazón y estaba segura de que esa tensión que sentía entre ellos se le reflejaba en el rostro como si fuese un farol, pero no le importó.

–¿Qué parte quieres que repita? –preguntó ella porque le divertía el toma y daca.

–Ven aquí –gruñó él.

Ella lo notó por todo el cuerpo, como si esa voz grave e imperativa estuviese directamente conectada a sus rincones más secretos, a esa avidez que había sentido desde que se miraron a los ojos en la iglesia. Notó su caricia, notó un anhelo incontenible.

–No acepto órdenes –replicó ella en vez de obedecerlo y espoleada por un arrebato que no entendió.

Él esbozó una sonrisa irresistible, un gesto de virilidad, sexo y deseo. Ella tuvo que resoplar para no derretirse donde estaba sentada.

–Lo harás –afirmó él con convencimiento.

–¿Estás seguro de que te interesa? Lo pregunto porque me mostré completamente desnuda delante de ti y tu reacción fue decirme que llegara puntual a la cena.

Ella insistió en vez de hacer lo que le pedía el cuerpo, en vez de abalanzarse sobre él y hacer lo que él le pidiera una y otra vez. Él sonrió abiertamente, la primera sonrisa verdadera que ella le había visto, y fue devastador. Fue más hermoso todavía, aunque eso debería haber sido imposible. Esa sonrisa enalteció su rostro perfecto, sus cejas maliciosas, su boca tentadora. Hizo que el azul de sus ojos resplandeciera como el cielo en verano. Hizo que fuera irresistible y ella estaba segura de que él lo sabía.

–No me he olvidado.

Entonces, él se movió un poco, como si estuviese relajado cuando ella podía notar que sentía la misma tensión. Sin embargo, ella había hablado de aquella noche en el baño, había desatado todos los espectros y no podía echarse atrás.

–No soy mi hermana –comentó ella en un tono más tenso del que había pretendido.

–Lo sé muy bien, Zara –replicó él clavándole los ojos implacablemente.

–Y no quiero sexo por compasión ni nada parecido –siguió ella.

–¿Sexo por compasión? –preguntó él sin salir de su asombro.

–Nada de... sucedáneos –le explicó ella con una sonrisa, como si estuviese tranquila–. Nada de cerrar los ojos en la oscuridad y de fingir que es la otra hermana Elliott la que está debajo de ti –no podía creerse que estuviese diciendo eso y, a juzgar por su expresión, él tampoco–. O encima –siguió ella como si fuese a mejorar por hablar más–. Quiero decir, no hay que asignar a nadie...

–Zara.

Afortunadamente, él la interrumpió. Había perdido el dominio de sí misma y podía seguir hablando, complicándolo todo.

–Cállate. Ven aquí –le ordenó él otra vez con esa mirada azul abrasadora, en ese tono que hacía que se estremeciera–. En silencio.

Ella entendió que no era la primera vez que le ordenaba algo así a una mujer, que sabía perfectamente lo que estaba haciendo, que lo había probado cientos de veces. En cierto sentido, supuso que debería estar aterrada, desasosegada por alguien con mucha más experiencia que ella. Alarmada por ese convencimiento que tenía él de que haría lo que le pidiera.

–¿Qué haré cuando vaya? –preguntó ella, sobre todo para desobedecer la orden de ir en silencio.

Él volvió a sonreír y el nudo de sus entrañas volvió a palpitar con fuerza.

–Estoy seguro de que se te ocurrirá algo, eres una chica muy lista –murmuró él.

Ella sabía que la mayoría de las chicas, listas o no, se levantarían y rodearían la mesa. Aprovecharían la ocasión para contonear las caderas. Al menos, las chicas como su hermana lo harían. Había visto a Ariella hacerlo muchas veces. Se lo planteó, se imaginó a sí misma delante de él, arrodillándose entre sus piernas y... Sin embargo, no quería ser como la mayoría de las chicas. No quería competir ni parecerse a Ariella, jamás.

Una vez más, actuó sin pensar. Apartó todos los platos a un lado de la mesa y se subió encima. Él estuvo a punto de levantarse de la silla, pero se contuvo, aunque sus ojos brillaron como estrellas y todos los músculos de su cuerpo se pusieron en tensión.

–¿Puede saberse qué estás haciendo?

Él lo preguntó como si no pudiese creerse lo que estaba pasando, no como si le espantara. Ella se rio. No lo había pensado, como aquella noche en la bañera, pero, al revés que entonces, se sentía bien. Le gustaba deslizar las manos sobre la madera, deleitarse como si fuese esa maravilla que él llamaba su abdomen. Le gustaba que le cayera el pelo, tan desenfrenado como se sentía ella, pero sensual y femenino. Le gustaba avanzar con las rodillas en la mesa, dejándose llevar por eso incontenible que aullaba dentro de ella, hacer algo con esa electricidad que podía calcinarla si no la liberaba.

–No tengo ni idea –contestó ella en un tono ronco, anhelante y poderoso a la vez.

Entonces, se encontró con la cara delante de la de él, que ya no estaba relajado en la silla como si fuese un playboy seguro de sí mismo. Tenía una expresión casi feroz, los ojos le brillaban de deseo y la boca era una línea firme, espléndida y viril. Ella tembló por dentro y él no le preguntó nada más. Introdujo las manos entre la maraña de su pelo y apoyó las palmas de las manos en sus pómulos. Ella dejó escapar un inequívoco sonido de avidez. Él se rio en un tono triunfal, profundamente masculino, que le avivó la llamarada. Entonces, la besó. No fue como el ridículo ritual que él había cumplido en la iglesia, no tenía nada que ver con su maldito padre. Le devoró la boca y ella correspondió a cada caricia y a cada acometida de su lengua. Se dejó arrastrar por su sabor viril con cierto regusto a whisky. La electricidad saltaba entre ellos. Ella no podía encontrar el ángulo adecuado y él no podía acercarse lo suficiente. Ella lo deseaba con una intensidad que podía haberla asustado si le hubiese importado algo que no fuese el placer de sentir su boca, ese sabor arrebatador, como si fuese algo que había conocido bien y luego lo hubiese perdido. También entendió que no sobreviviría a ese hombre, pero él le sujetó el mentón como lo quería y le saqueó la boca con tal avidez y destreza que ella solo pudo besarlo una y otra vez.

Capítulo 5

ERA suya. Las palabras le retumbaron con más fuerza que su propio corazón, como si eso nunca fuese a ser suficiente, como si eso no tuviese nada que ver con la venganza. Apartó la boca, separó la silla de la maldita mesa y terminó de arrastrarla hasta que la tuvo sentada en el regazo, como quería tenerla, de una de las maneras que quería tenerla.

–Mejor –murmuró él rodeándole el cuello con los brazos.

No la tenía a horcajadas, todavía, porque creía que podría explotar como un adolescente. Entonces, le devoró la boca otra vez. Era mucho mejor. Ese trasero que había anhelado desde que lo vio en el cuarto de baño estaba sobre la parte más dura de su cuerpo, hacía que se sintiera más animal que humano. Cada vez que ella se estremecía, era como una caricia de su mano, y se estremecía con cada beso. Era suya, pensó otra vez con una voracidad primitiva que debería haberlo asustado. Era su esposa. Mantuvo una mano entre ese revoltijo pelirrojo y acarició con la otra ese cuerpo que lo había obsesionado noche y día durante esa semana, esas curvas, esa magnífica exuberancia estaba entre sus brazos por fin. Bajó la mano por la sensual línea de su espalda, que podía ver como si siguiese desnuda delante de él, aunque llevaba una suave y fina camiseta. Creyó que podía matarlo y que no le importaba. Apartó la boca y fue bajándola por su cuello hasta el hombro que dejaba al descubierto el amplio escote de la camiseta. Le lamió la piel y ella suspiró. Fue un sonido anhelante y entrecortado que él notó en el sexo, como si ella se hubiese inclinado y lo hubiese tomado con la boca. Nunca se había sentido tan borracho en su vida, estaba tan embriagado por esa mujer que no sabía si volvería a estar sobrio alguna vez y le daba igual.

–Chase...

Él tardó en darse cuenta de que era su nombre, de que no solo era su nombre, sino que ella quería que dejara de hacer lo que estaba haciendo y que escuchara, peor aún, que hablara.

–Silencio –dijo él en tono implacable, aunque ella se rio–. Estoy ocupado.

–Ya lo veo.

Ella lo dijo con la voz temblorosa por la risa y el deseo y él sintió como un destello por dentro, algo que prefirió no saber lo que significaba. No quiso indagar y, en vez de eso, le mordió levemente la clavícula y sintió el estremecimiento de ella.

–No sé qué hacéis en estas colonias bárbaras –siguió él pasándole la lengua por el cuello–, pero yo me tomo muy en serio mis obligaciones tradicionales y las cumplo con diligencia... –le tomó el lóbulo de la oreja entre los dientes y ella contuvo al aliento– con concentración.

Pasó a tomarle la cadera con una mano y la cara con la otra. Sus ojos eran demasiado dorados y su boca demasiado carnosa, su perdición.

–Pero...

No quiso oír lo que fuese a decir y le lamió la boca como si fuese un helado. Ella se derritió como si también creyera que lo era. La besó hasta que se olvidó de por qué había llegado a creer que no debería hacerlo, hasta que no hubo nada en el mundo salvo su sabor, el pelo que los rodeaba como una cortina y el movimiento de ella sobre su regazo. Hasta que no supo quién era quién. Ella separó la boca y él no supo si había pasado un minuto o toda una vida. Cuando eso también le dio igual, se disparó una alarma dentro de él, pero no le hizo caso.

–Para –susurró ella cuando él fue a besarla otra vez–. Escucha.

Él paró. La voracidad insaciable tardó un momento en aplacarse un poco. El corazón tardó en apaciguarse y él tardó en volver a ser más persona y menos primitivo, ese monstruo capaz de cualquier cosa incluso allí mismo. Era algo tan desagradable que tardó un poco más en darse cuenta de que podía oír a alguien en el pasillo. Tenía que ser la señora Calloway que iba a retirar los platos y a servir el postre.

–He oído que se cerraba la puerta –comentó Zara con los ojos muy abiertos–. Creo que entró antes.

La realidad fue como una patada en la cara. Agarró a Zara, la puso de pie y se levantó dominado por una furia sombría consigo mismo. ¿Qué estaba haciendo? ¿Cómo había podido olvidarse de sí mismo otra vez? ¿Qué había pasado con el dominio de sí mismo que necesitaba para esa conspiración? Naturalmente, lo sabía. Era Zara. El tono seductor de su voz, el brillo desafiante de sus ojos, ese maldito cuerpo que podía ser su perdición.

Fue hasta la puerta, la abrió e hizo un gesto con la cabeza a la señora Calloway para que entrara. Entonces, tuvo que quedarse dominado por la rabia mientras ella entraba como hacía siempre, sonriendo y charlando.

–No debería haber sido tan tonta de entrar sin llamar cuando había un par de recién casados –comentó ella en tono cantarín–. ¡Lo siento muchísimo!

Chase miró a su esposa, a la que nunca habría llamado recién casada con todo lo que eso implicaba, y se quedó helado porque ella sonreía a la señora Calloway desde donde él la había dejado, como si se hubiese olvidado de cómo moverse. Estaba sonrojada por el bochorno y por lo que quedaba de pasión. El pelo era una maraña que indicaba claramente lo que sus manos habían estado haciendo hacía unos minutos. Se había cruzado de brazos y él creía que ella no se daba cuenta de cómo resaltaba sus pechos, de cómo hacía que su atención se dirigiera hacia esos preciosos pezones que se notaban duros y erectos debajo de la camiseta. Tenía la boca inflamada y sonreía como si todo eso fuese exactamente lo que parecía, como si fuesen unos recién casados que no podían dejar de estar juntos ni un segundo. Ni más ni menos. En ese momento quiso que fuese verdad y lo atravesó como si ella le hubiese clavado una lanza. Podía ver lo que pasaría si fuesen esas personas, si, con la puerta cerrada, se rieran y volvieran a empezar otra vez, a deleitarse con esa intimidad, con su felicidad, con lo que sentía la gente cuando estaba locamente enamorada y no tenía miedo de mostrarlo, fuera lo que fuese. Él no lo había sentido ni remotamente. Siempre había salido con mujeres reemplazables. Sabía que le aburrirían antes de salir con ellas la primera vez y siempre las había elegido por otros motivos. Si le beneficiaba llevarlas del brazo, si salían bien en las fotos y algún que otro arrebato erótico, aunque nada como lo que le había dominado esa noche, lo que todavía latía dentro de él y ponía a prueba su dominio de sí mismo.

Sin embargo, sí sabía cómo era la apariencia de ese tipo de amor. Lo había visto hacía mucho tiempo en sus padres. Resplandecían cuando estaban juntos, como si estuviesen enchufados a su propia corriente eléctrica. Se tomaban la mano y sonreían de felicidad cuando uno de los dos entraba en una habitación. Hasta que él acabó con todo eso, le recordó el juez implacable que imperaba en la parte más sombría de sí mismo. Él la mató, los mató.

–¡Ahora entiendo por qué se casó tan deprisa! –le espetó la señora Calloway con una sonrisa mientras volvía hacia la puerta–. Disfrute, señor Chase, se lo merece.

Fue como un puñetazo de esa encantadora anciana a la que conocía de toda la vida y que solo quería lo mejor para él. Sabía muy bien lo que se merecía y no era esa fantasía romántica que su ama de llaves se había formado en su cabeza, por no decir nada de lo que se había formado él en la suya. Entonces, la señora Calloway cerró la puerta con mucho cuidado mientras les aseguraba por encima del hombro que esa noche no volverían a molestarlos.

–Qué bochorno –comentó Zara mientras los pasos de la otra mujer se alejaban por el pasillo–. Creo que nunca me habían sorprendido así en mi vida y no sé si me siento humillada o...

–Me alegro de que entrara –la interrumpió él mientras observaba que ella se ponía rígida–. Fue un error.

Zara lo miró detenidamente y él se sintió como si la piel ya no fuera la misma de siempre, como si hubiese perdido el dominio de sí mismo y todas esas cosas espantosas que tenía dentro hubiesen salido a la luz y lo hubiesen deformado allí mismo, como si ella pudiese ver toda la oscuridad que lo abrumaba.

–Siento que pienses eso –replicó ella al cabo de un rato.

A él no le importó que ya no se creyera ese tono calmado que ella había empleado, que pudiese ver una verdad mucho más sombría en la mirada que había apartado de la suya hacía un momento. Si él podía ver eso después de dos semanas y un beso, ¿qué podría ver ella de él? Apretó los puños y se obligó a respirar. Volvió a abrirlos para recuperar el dominio de sí mismo. Ya no tenía trece años, tenía veinte más que entonces y sabía lo que tenía que hacer, o lo había sabido hasta que Zara Elliott se había presentado en aquella maldita iglesia y en su vida vestida como la carpa de un circo y capaz de acabar con su entereza con solo mirarlo. No se había esperado aquello, no se había esperado a ella. Todo habría sido distinto si estuviese tratando con su hermana, quien era tan poco memorable que ni siquiera recordaba las facciones de su rostro. Si hubiese sido Ariella, no sentiría esa llamarada inextinguible por dentro, como si bastara con que ella lo tocara para que se olvidase de sí mismo. Jamás había reaccionado así ante una mujer y eso lo abatía, pero también le mostraba, por fin, lo peligroso que era. Tenía que recordar la finalidad de todo. Era hija de Amos Elliott y eso significaba que tenía que utilizarla, no sucumbir ante ella.

—Seamos sinceros por una vez —dijo él sin preocuparse por parecer cortés.

Zara se rio. Fue un sonido triste que él supo que lo perseguiría más tarde, que podría añadirlo a la amplia colección de espectros y lamentaciones.

—Es una forma de empezar una conversación que nunca lleva a nada bueno. Como «tenemos que hablar» o «no te ofendas, pero...».

Ella esbozó una sonrisa vacilante, como si lo animara a que hiciese lo mismo, pero él se negó a que ella le hiciera gracia.

—Esto no va a durar —siguió él en un tono casi agresivo y vio que ella se ponía rígida, que se abrazaba a sí misma—. Este matrimonio es, como mucho, una herramienta y tengo que cerciorarme de que cuando haya dejado de ser útil no quedará nada confuso.

—¿Nada confuso? —repitió ella entrecerrando los ojos—. Te refieres a mí, supongo.

Ella había hablado de algo tan absurdo como sexo por compasión y él podría utilizarlo.

–Te enamorarás –él se encogió de hombros cuando ella frunció el ceño–. Es inevitable.

–¿De verdad? –preguntó ella en tono cortante.

–Por favor... –contestó él con tanta condescendencia que ella se enfureció todavía más–. La verdad es que no quiero embrollos. No compensan por algo tan fácil de conseguir y de olvidar como el sexo –él esperó hasta que vio que ella se ponía roja de ira y dio el golpe final–. Puedo conseguirlo cuando quiera, Zara. Tienes que saberlo. Tu hermana se ofreció a hacerme una felación a los cinco minutos de conocernos.

Ella se quedó pálida y se puso roja otra vez, pero no se hundió, no esa esposa a la que le gustaría no desear tanto como la deseaba. Supuso que eso también lo perseguiría.

–Cualquiera puede conseguir sexo cuando quiera, Chase –replicó ella sin alterarse y diciendo su nombre como si fuese una bofetada–. Además, para Ariella, hacer una felación es como estrechar la mano de alguien. Lo lamento si creíste que era algo especial, solo para ti.

Él suspiró, se pasó una mano por el pelo e hizo un esfuerzo para no poner los ojos en blanco.

–Supongo que no creerás que eres la primera mujer que se abalanza sobre mí, ¿verdad? Solo eres la primera con la que, además, estoy casado. Aun así, te agradezco la intención, Zara, de verdad.

Él lo dijo en un tono comprensivo y delicado que sabía que la espantaría porque se parecía mucho a la compasión. Ella se puso más roja todavía y se le oscurecieron los ojos, pero se mantuvo delante de él. Le pareció impenetrable, como si se hubiese recubierto de acero, y él no pudo evitar admirarla.

–Eres el hombre más hermoso que he visto, pero estás vacío por dentro. Eres como un caparazón con ropa preciosa y unos ojos solitarios, pero, en realidad, solo eres un espectro que se pasea a la luz del día. Eres como esta casa, un mausoleo obsesivamente bien conservado.

–O, quizá, es que, sencillamente, no estoy interesado –replicó él inexpresivamente para no reconocer que había dado en el blanco ni analizar los daños.

Entonces, ella se rio y aunque él pudo captar la amargura, no la vio reflejada en su rostro. Ella se había cerrado a él y no lo soportaba. Sin embargo, no tenía elección. Si no podía dominarla, mejor dicho, si no podía dominarse cuando la tocaba, tenía que mantenerla a cierta distancia y encontrar otra manera de vengarse de su padre, aunque eso acabara con él.

–Claro que no lo estás. No pasa nada, Chase, pero tampoco hacía falta que llegaras tan lejos para ser un majadero. He captado el mensaje.

Ella se dirigió hacia él, quien sintió pánico ante la idea de que pudiera tocarlo y demostrar lo mentiroso que era... o quizá fuese un rayo de esperanza de que lo hiciera. Sin embargo, se dio cuenta de que estaba al lado de la puerta y de que no se dirigía hacia él. Intentó convencerse de que sentía alivio, pero fue como un bloque de hormigón dentro de él.

–En el futuro, puedes limitarte a decir que has cambiado de opinión –siguió ella cuando llegó a su altura–. No hace falta que seas tan teatral.

Ella salió al pasillo y él no dijo nada. Tampoco dijo nada cuando ella cerró la puerta con suavidad en vez de dar un portazo, que habría indicado que estaba tan hundida como él y quizá hubiese conseguido que se sintiese mejor. No dijo nada cuando ella se alejó por el pasillo y lo dejó con su vacío, con su caparazón atroz, con los ojos solitarios que no miraba en el espejo, con el imponente mausoleo y las fauces sombrías de su arrepentimiento, toda una vida de arrepentimiento que crecía más cada día. Y con nada dentro salvo sus fantasmas.

Unos días después, mientras daba un paseo por la finca de los Whitaker para dar rienda suelta a su estado de ánimo sombrío y a su desasosiego, Zara decidió que el acento británico de Chase era lo que lo había empeorado todo. Si hubiese dicho lo mismo como si fuese de New Jersey, habría sido bochornoso y desagradable, pero con ese acento había sido devastador. Le daba vueltas en la cabeza como una sierra circular. «Supongo que no creerás que eres la primera mujer que se abalanza sobre mí, ¿verdad?». «Tu hermana se ofreció a hacerme una felación a los cinco minutos de conocernos». No había dicho si la aceptó o no. Se metió las manos en los bolsillos del chaquetón y pisó con todas sus fuerzas porque el crujido del hielo, la nieve y la tierra helada le producía una satisfacción primitiva, y porque lo hacía como si fuese su hermoso y atroz rostro, sus ojos solitarios que, por algún perverso motivo, quería mejorar de alguna manera. Era más que ridícula, estaba cerca de ser imperdonablemente autodestructiva.

–¿Esto era lo que tenías pensado, abuela? –preguntó en voz alta.

Resopló y miró la imponente casa que la esperaba en lo alto de la desolada colina, la sombría silueta recortada contra el anochecer que llegaba tan pronto en las tardes de invierno como esa, cuando faltaban dos días para Navidad. Una mujer inteligente habría abandonado ese sitio y ese matrimonio después de la escena del comedor, pero allí estaba paseando por esa finca medio congelada en otro de sus paseos solitarios que no le aclaraban la cabeza ni solucionaban nada. Sin embargo, era preferible a quedarse en ese dormitorio que empezaba a parecerle una celda y fingir que estaba trabajando en su tesis cuando solo podía pensar en el hombre que merodeaba por la casa y que, con toda certeza, estaba buscando nuevas maneras de humillarla.

–El asunto es muy sencillo –se dijo en voz alta sin dejar de mirar las luces de los árboles de Navidad en las ventanas de la casa–. Te abalanzaste literalmente sobre él y te rechazó. Eso sí, después de besarte como si creyera que iba a morirse si dejaba de hacerlo.

Esa era la parte a la que daba más vueltas. Si la hubiese rechazado directamente, quizá hubiese sido distinto. Al menos, eso era lo que se había repetido desde que pasó, durante esos días gélidos en los que la había evitado completamente. No había llegado a la avanzada edad de veintiséis años sin que la hubiesen rechazado nunca. Si Chase se hubiese limitado a declinar su oferta, se habría tragado el orgullo herido y habría seguido... ¡Seguro! Se habría sentido humillada durante el resto de la cena, habría vuelto a su habitación y habría rezado para morirse inmediatamente y, así, no tener que volver a verlo. Sin embargo, cuando hubiese pasado el melodrama, se habría sentido bien. Abochornada pero bien.

Si la hubiese rechazado igual de rastrera y condescendientemente, pero sin besarla, estaba casi segura de que se habría marchado del comedor, habría hecho el equipaje, habría pedido un taxi y se habría ido a la casita de Long Island que había sido de su abuela, donde podía refugiarse del frío, encender la chimenea y pasar esos días festivos en paz y tranquilidad. Chase podría haberse quedado solo, hiriente y odioso. No había ningún motivo real para que Chase y ella tuvieran que estar juntos bajo el mismo techo. Su vida nunca había interesado a nadie, no se tropezaba con paparazis a cada paso, los vecinos no le sacaban fotos a hurtadillas y las colgaban en Internet. A nadie le importaba dónde estaba y, por lo tanto, podía fingir que estaba en cualquier sitio, ¿no?

Lo que no podía superar era el beso y que la rechazara después. En parte, porque llamarlo un beso era exacto teóricamente, pero no describía la experiencia ni aproximadamente. No podía dormir, y, si dormía, se despertaba ardiendo por la intensidad de los sueños, en los que siempre salía Chase. Notaba su cuerpo duro, ardiente y... dispuesto. Notaba esa boca maliciosa y seductora, cómo la sentaba en su regazo, como si no pesara más que una pluma y pudiera ponerla donde más le apetecía. Nunca había sentido nada así. Además, podía sentirlo en ese momento, pensó con fastidio mientras empezaba a moverse otra vez para que no se le congelaran los pies. Sentía una opresión en el pecho, le dolían los senos, los pezones endurecidos estaban comprimidos por la tela del sujetador y notaba esa humedad cálida entre las piernas mientras se dirigía hacia la casa. Todo por el recuerdo de sus manos tocándola, de ese beso incandescente, de su boca devorándola. Además, jamás habría podido imaginarse que él se alterara tanto como ella, le parecía imposible que ella le hubiese desbocado el corazón de aquella manera, que él le hubiese tomado la cara como si no fuese a soltársela nunca, que la hubiese desarbolado cada vez que la paladeaba, que la atormentaba. Era imposible que hubiese sido cierto, a pesar de lo que llegó después.

Subió hasta lo alto de la cuesta y se detuvo con el ceño fruncido cuando lo vio al otro lado de las ventanas iluminadas. Había subido por la parte norte, donde había una piscina cubierta, un invernadero y un gimnasio que visitaría algún día para quemar las calorías de la comida de la señora Calloway. Chase estaba en el invernadero, rodeado de vegetación tropical, y, al principio, le pareció que estaba bailando. Sus movimientos eran tan elegantes y dinámicos que tardó un buen rato en darse cuenta de que no estaba bailando, que estaba practicando un arte marcial. Empezó a ver patadas y golpes entre esos movimientos fluidos, que su fuerza explotaba en un flujo de ataques controlados, pero letales. Sin embargo, sobre todo, lo vio a él, desnudo de cintura para arriba y resplandeciente por el esfuerzo, con esos ojos azules angustiados, con esa barba incipiente y con el pelo negro, largo y revuelto. Era el hombre más hermoso que había visto, lo sintió en el pecho como si fuese una de sus patadas. Sin embargo, se dijo que eso solo se debía a que era una estudiosa a la que le gustaba investigar. Le gustaba reunir datos, tantos como pudiera encontrar, independientemente de que luego los utilizara en la tesis o no. Le gustaba analizarlos y elaborar los argumentos después. Por eso evitaba las relaciones esporádicas, porque no se le daban bien. No se engañaba, se dijo a sí misma mientras entraba en el invernadero y daba unas patadas en el suelo para quitarse la nieve fingiendo que no se había dado cuenta de que él se había quedado petrificado en medio de esa exuberante vegetación. Entonces, se miraron y ella notó ese azul feroz que la dominaba por dentro como el abrazo repentino de ese aire cálido y húmedo. Pudo oír la respiración de él por encima de su pulso acelerado, se le puso la carne de gallina y las mejillas se le calentaron tanto que creyó que podían explotar.

Entonces, Chase se dio la vuelta, con esos anchos pantalones negros que resaltaban la potencia de todos sus músculos, se dirigió hacia uno de los sacos de boxeo que colgaban de unos aparatos metálicos y empezó a darle patadas y puñetazos con todas sus fuerzas.

Zara se quitó los guantes, el gorro de lana y la bufanda y se los guardó en los bolsillos del chaquetón. Luego, se lo desabrochó, se lo quitó y dejó todo en una butaca mientras sentía que Chase la miraba mientras golpeaba el saco. Ella notó cada golpe como si lo dirigiera a su corazón. Eso era una auténtica estupidez y, efectivamente, un engaño a sí misma. Sin embargo, no hizo nada de lo que debería hacer. No se marchó ni de la habitación ni de la casa. No volvió corriendo a su vida ni mandó al infierno lo que pensaran Chase y su padre. No acudió al centro psiquiátrico más cercano para que le explicaran qué tipo de locura era esa que hacía que le preocupara lo que le pasara a ese hombre. Ese era el problema. Le preocupaba porque esa era su versión de tener relaciones esporádicas, aunque fueran penosas. Estaba casada, anhelante y preocupada a pesar de todo porque parecía atormentado, eso era lo que brotaba de él esa tarde y lo llenaba todo como si fuese un olor, como si lo desgarrara más cuanto más fuerte golpeaba el saco , como si cada golpe o cada patada fuese contra sus propios demonios, como si luchara por su vida.

Él le había dicho que Ariella le había ofrecido hacerle una felación y ella no iba a competir con eso, pero sí podía ofrecerle otra cosa, algo que tenía más que ver con esa soledad abrumadora que se reflejaba en sus ojos que con el sexo. Se acercó, se quitó las botas, se sentó encima de los pies, en el pequeño sofá que estaba arrinconado contra unas plantas, y empezó a hablar.

Capítulo 6

CHASE comprendió lo que estaba haciendo ella, pero al monstruo que llevaba dentro le dio igual. La quería debajo de él, no en el extremo opuesto de la habitación. Además, ¿a quién le importaba lo que le pasara a ella cuando el plan que tenía para Nochevieja saliera según lo previsto, cuando se vengara por fin? La deseaba, punto. En ese momento, cuando volvía a respirar el mismo aire que ella, cuando lo tensaba y excitaba con esa facilidad, no podía entender cómo la había rechazado aquella noche en el comedor. Menos podía entender la distancia que había mantenido con ella desde entonces, a pesar de esos villancicos ligeramente románticos que la señora Calloway le cantaba a él. Era precisamente por eso, se dijo a sí mismo, porque no podía dominarse en lo relativo a esa mujer. Sin embargo, esa cosa sombría, el sexo, el dolor, la voracidad apremiante que se adueñaba de él hasta que no podía saber quién era, daba igual. Era más un monstruo que un hombre y eso lo aterraba, hacía que golpeara el saco con más fuerza. Cuanto más hablaba ella desde ese sofá, como si fuesen grandes amigos y eso fuese cómodo, más golpeaba él. El mundo se reducía a eso, como si todo fuese parte de una coreografía; su voz cálida y delicada y la violencia que él podía desatar contra esos objetos inanimados que solo eran unos sustitutos.

—Me parezco a mi abuela —estaba contando Zara

como si él se lo hubiese preguntado–. Era irlandesa y siempre decía que era vivaz, aunque nunca vi que no hiciera nada que no fuese lo estrictamente adecuado, como hacen los nobles con dinero desde siempre. Mi padre la detestaba. Ella siempre había preferido a su hermano mayor, pero el tío Teddy murió joven. Por eso, cuando acabé pareciéndome a ella, mi padre desvió esos sentimientos hacia mí –ella se rio y fue como una cascada de calidez y rayos de sol sobre él. Maldita fuese...–. Aunque también es posible que eso fuese lo que decidí contarme.

Él había creído que por fin lo había perdido cuando ella apareció por esa puerta con una corriente gélida detrás. Creyó que por fin había empezado a ver cosas, no solo esos fantasmas que solían rondarle por la cabeza. No sabía qué hacer con esa cosa radiante y abrasadora que lo había atenazado cuando se dio cuenta de que ella era de verdad, de que estaba allí. A pesar de lo que pasó la última vez, de lo que le había hecho porque no podía manejarla como a otra mujer, ella se había quedado. No podía ser esperanza, había perdido toda esperanza cuando tenía trece años. Eso tenía que ser algo distinto. Golpeó el saco con las manos, los codos y los pies, lo golpeó con tanta fuerza que pudo sentir la explosión del asombro que anunciaba que lo lamentaría cuando esa violencia se aplacara, pero eso solo hacía que golpeara con más fuerza. ¿Qué había que no lamentara? ¿Por qué eso, o todo lo que había pasado allí, iba a ser distinto?

Todavía podía sentir su sabor y estaba volviéndolo loco, más loco.

–Mi madre siempre decía que estaba destinada a ser una gran pintora, pero creo que lo decía para diferenciarse de las demás mujeres de la alta sociedad con las que se trataba y que solo pensaban en la manicura semanal.

La voz de Zara había adoptado un tono cauteloso, casi triste, como si estuviera arrugando la nariz mientras hablaba, algo que le daría una expresión adorable, pero no la miraría por nada del mundo. Sin embargo, se estremeció al imaginarse ese rubor que siempre adornaba sus preciosas mejillas. Estaba matándolo.

–Nunca la vi pintar nada, pero se enzarzaba en discusiones con cualquiera que lo insinuara y se escondía, para no hacer lo que no le apetecía hacer, en la pequeña casa de invitados que llamaba su estudio. Nos soltaba discursos sobre la independencia y la libertad personal, pero, cuando mi padre y ella se divorciaron, exigió una compensación disparatadamente alta. Vive gracias a ella en lo que llama su «retiro artístico» en Santa Fe con una colección de novios desaprensivos –dejó escapar una risa ronca que se abrió paso en el dominio de sí mismo–. Eso sí, no anima a sus hijas a que la visiten allí, ni a nadie. Los novios desaprensivos exigen cierto cuidado y mentiras y, al parecer, las hijas lo complican todo. Dice que todavía sufre por el final de su matrimonio y que vernos solo lo empeora. Han pasado cinco años.

Él dio unos saltos para situarse y golpeó con la rodilla. La preciosa voz de Zara subía y bajaba, insistente y penetrante como la humedad del invernadero y, como ella, hacía que sudara, hacía que quisiera administrar cierta justicia a esas personas como lo hacía con el saco de boxeo.

«Claro, eres un héroe, el más indicado para administrar la verdad y la justicia. ¡Qué chiste!», se burló una vocecita interior. Golpeó el saco con el codo. Podría haber tumbado a una persona, pero no pudo acallar a sus demonios.

–Ariella era el máximo logro del matrimonio de mis padres –siguió ella–. Cuando éramos pequeñas, nos vestían igual y la halagaban a ella, le decían lo guapa y perfecta que era. Era la niña que, sin decirlo, habían esperado tener. Era rubia y encantadora, conquistaba a cualquiera inmediatamente –volvió a reírse, con más aspereza, y él lo sintió como unas garras en el pecho–. Yo no lo era.

Él se dio cuenta del gruñido que estaba formándose en su garganta y lo contuvo con tanta fuerza que estuvo a punto de morderse la lengua.

–Ellos suspiraban por mi pelo –siguió ella como si no lo hubiese oído–. La verdad es que, entonces, era más naranja que rojo. Me decían que anduviese recta y despacio, que tuviese más cuidado y que hablase menos. Les espantaba que llamara la atención por algo. Naturalmente, eso podía pasar solo porque entrara en una habitación. Era complicado saber las reglas. Todo empeoró cuando fuimos adolescentes porque mis padres ya no eran los únicos que decían esas cosas.

Sin embargo, ella no parecía compadecerse de sí misma lo más mínimo. Parecía analítica y ligeramente divertida y eso le dolió a él como un disparo en el abdomen.

–Sin embargo, así es la adolescencia, ¿no? Es angustiosa salvo que seas guapa como Ariella y lo bastante calculadora como para aprovecharte. Supe que mi sitio estaba entre los libros y me gustó.

Ella volvió a reírse como antes y él empezó a pensar que esa risa podría quedarse dentro de él para siempre, como un opiáceo en la sangre. Sin embargo, ¿qué estaba pasándole que esa idea le gustaba? Volvió a golpear el saco. Que Dios se apiadara de él, le perseguían esos sonidos que ella dejó escapar cuando estaba en su regazo y lo besaba ardientemente. Lo despertaban por la noche y no le dejaban trabajar. Se habían aferrado a sus entrañas y hacían que anhelara más.

–Mi abuela siempre me aconsejó que le diera otra oportunidad a la familia, que les permitiera ver cómo soy de verdad. Cuando Ariella desapareció, yo era la única que podía ayudar –él captó que su voz, de repente, se había vuelto seria–. Por fin, podía hacer algo por mi padre que no podía hacer nadie más. Dio igual que supiera el tipo de hombre que es. Dio igual que supiera que era muy improbable que él dejara de considerarme un problema que había que solucionar. Yo podía hacer ese disparate que Ariella había eludido. Ya sé que suena penoso, pero, por primera vez en mi vida, él me necesitaba, y lo hice.

Chase dejó de golpear el saco. Un desasosiego le brotaba de la espina dorsal y se extendía por las venas. Se dio cuenta de que se sentía... desafiado, que Amos Elliott hubiese tenido ese poder, que esa mujer se hubiese pasado toda la vida buscando por todos los medios la aprobación de ese hombre insignificante, que ella era real, no esa mujer fácil de digerir y de desechar con la que había estado preparado para casarse. No había preparación posible para Zara, lo había desarmado desde el principio y se temía que no sabía quién era sin sus armas.

Entonces, muy lentamente, se dio la vuelta para mirarla y fue mucho peor de lo que se había imaginado. Estaba sentada con las piernas cruzadas, llevaba unos pantalones de pana oscuros y un jersey de cuello alto marrón, el pelo le caía como una cascada sobre los hombros y no tenía ni un mechón naranja, sus ojos tenían un cálido brillo dorado y esa boca, la cosa más sexy que había paladeado, era tan carnosa que parecía que le suplicaba que la tomara. ¿Cómo podía defenderse de un fantasma como ella cuando no era un fantasma, cuando era real y lo miraba con tanta compasión en los ojos que lo dejaba aturdido como si lo hubiese golpeado en la cabeza? Tenía la desconcertante sensación de que podía ver dentro de él, de que podía ver esa oscuridad asfixiante que llevaba dentro. Además, había planeado hablarle hasta que lo aceptara, hasta que aceptara ese puente inútil que estaba construyendo entre ellos al contarle esas historias de ella, como si los dos fuesen iguales. También sabía que cualquiera hubiera mantenido una distancia prudencial de él cuando estaba así, casi desquiciado. Ella, sin embargo, estaba allí sentada, mirándolo sin miedo y contándole esas historias sobre su vida, haciendo que la entendiera como, seguramente, hacía la gente cuando no estaba tan maltrecha como él, cuando se conocían unos a otros como hacían las personas normales, o eso suponía. Cuando no habían matado a su propia madre y ya no iban a arriesgarse a tender más puentes o relaciones. Él sabía cómo acababa eso.

Sin embargo, había algo dentro de él, como un aullido desgarrador. Le dolía todo, desde el escroto hasta ella y esa cosa que no podía desechar y mucho menos dominar. Además, no sabía qué podía hacer con esa mujer, cómo podía convertirla en su venganza cuando no podía conseguir que hiciera nada, pero ya no podía seguir así, no podía soportarlo.

–No estoy vacío por dentro –soltó él en un tono inflexible.

Ella dio un respingo como si la hubiese abofeteado y él se odió a sí mismo como si lo hubiese hecho.

–¿Qué?

Él estaba cruzando la habitación, ya estaba encima de ella, bárbaro y peligroso, pero ella, aun así, lo miraba como si estuviese maravillada, como si pudiese ver todas esas cosas que hacía mucho tiempo había dejado de desear que estuviesen allí, como si fuese tan necia como él.

–Es mucho peor que un vacío –siguió él con aspe-reza–. Es una oscuridad asesina, atroz, y no puede cambiarse. Deberías haberte alejado de mí cuando te di la oportunidad, Zara, deberías haber entendido que era un obsequio y no sé si te daré otro.

Ella había abierto los ojos, pero también levantó la barbilla en otro gesto de decisión y firmeza que él no podía entender. ¿Qué le pasaba a esa mujer? Ella veía mucho más que cualquier otra persona, entonces, ¿por qué no le tenía miedo, como debería tenérselo?

–Entonces, se trata de eso –replicó ella–. ¿Crees que voy por ahí contando la historia de mi vida hasta el más mínimo y triste de los detalles? No suele gustarme dar munición a la gente cuando sé que, antes o después, van a usarme como campo de tiro.

Él no lo negó, vio la verdad de eso en su forma de apretar los labios, pero, aun así, ella no miró hacia otro lado.

–Te dije que te destrozaría –ella tragó saliva y él sintió una oleada ardiente–. Deberías haberme escuchado.

Entonces, se agachó delante de ella fascinado por su rubor, por su ligero respingo, como si hubiese tenido que hacer un esfuerzo para no sobresaltarse. La miró a los ojos, se inclinó hacia delante y apoyó los puños a ambos lados de sus caderas. Se quedaron demasiado cerca. Era como si cabalgara en un tornado de deseo y de esa otra cosa que no podía ser esperanza ni nada parecido.

–Te escuché –dijo ella con un hilo de voz que lo abrasó por su dulzura–. Fuiste todo lo desagradable que pudiste para cerciorarte de que lo hiciera. Lo que no entiendo es por qué.

–Te lo dije con todo lujo de detalles.

Su voz fue más áspera y su boca estaba a unos centímetros de la de ella, que no tuvo que llamarlo mentiroso, que no tuvo que decir nada porque él estaba demostrándolo. Sin embargo, era Zara y sonrió con condescendencia.

—Me dijiste algo con todo lujo de detalles, pero no sé si llamaría a esa actuación una explicación, ¿y tú?

Él decidió que o llevaba ese encontronazo a su conclusión lógica o se volvería loco, más loco, pero no podía ocuparse de eso como sabía que debería. Ella era demasiado exuberante, le costaba respirar y podía ver que tenía las mejillas sonrojadas por la excitación. Además, podía oler el delicado aroma de su piel, como gardenias y vainilla. Se dio por vencido y dejó que el monstruo ávido, sombrío e implacable tomara las riendas. Se inclinó y la besó en la boca.

Fue como una explosión de fuegos artificiales dentro y alrededor de ella. No podía respirar ni le importaba. Le rodeó el cuello con los brazos mientras él le tomaba las caderas con las manos y la atraía hacia sí. Ella bajó las piernas a sus costados, entrelazó los tobillos detrás de él y estrechó los pechos anhelantes contra su pecho como si estuviese hecha para encajar así en él. Podía notar la solidez de su cuerpo perfecto entre las piernas y se agitó con una voracidad que no había sentido jamás. Fue una sensación que se adueñó de ella, que le apagó todos los circuitos y volvió a encendérselos dejándola temblorosa, ávida y tan desenfrenada como lo notaba a él. Eso no era un beso, era posesión pura y dura y nunca había deseado tanto algo. Él tenía un sabor salado, a pasión y deseo, y ella no podía cansarse.

—Más —susurró él mientras se apartaba un poco.

La claridad debería haberse impuesto en ese momento, pensó ella mientras bajaba los pies al suelo, pero él la miró con esos ojos azules brillantes de deseo y a ella le dio igual si sobreviviría o no, le daba igual lo que pasara siempre que pasara, siempre que él no se detuviese esa vez.

Fue como si él le hubiese leído el pensamiento. Sus manos asombrosamente encallecidas, por las artes marciales, supuso ella, le agarraron la cinturilla del pantalón. Se le desbocó el corazón y le tomó las manos, pero no supo si para ayudarlo o para detenerlo.

–Quítatelos.

Fue una orden y no lo disimuló. El tono de la voz fue tajante y la expresión de los ojos ya no era de soledad, sino abrasadora. Ella se desabrochó el primer botón. Se le secó la boca y se pasó la lengua por los labios mientras se lo pensaba, pero, entonces, se le cortó la respiración cuando él le miró la boca con voracidad.

–¿Aceptaste? –preguntó ella casi sin darse cuenta.

Él tardó un poco en llegar a su boca, pero estaba mucho más tenso e implacable cuando lo consiguió. Ella estaba casi temblando por el disparate de estar tan cerca de él, tan ardiente y ávida, y por ver lo mismo en cada rasgo de su hermoso rostro.

–¿Aceptaste la oferta de mi hermana cuando os conocisteis?

Él se quedó en blanco durante un rato largo y satisfactorio, hasta que su expresión se tornó feroz, sensual y despiadada. No debería haberle emocionado como lo hizo, como si la hubiese iluminado por dentro.

–¿Te importaría si lo hubiese hecho?

Más de lo que debería, se contestó a sí misma. No debería haberlo preguntado.

–Tengo el principio de no pisar ningún camino que haya pisado Ariella, sea un lugar de vacaciones, un barrio de una ciudad, la habitación de una casa o un hombre. Ayuda a evitar confusiones.

Chase se rio. Fue como una caricia en la piel que le

endureció los pezones. Se derritió y se estremeció. Nunca le había parecido tan malvado y tan peligrosamente sexy como cuando le puso las manos sobre el abdomen que, sin ella saberlo, había quedado al descubierto cuando se le subió el jersey. Le espantaba, pero creyó que se moriría si él paraba.

–¿Esto es una confusión? –preguntó él en un tono tenso que no debería haber conseguido que le bullera la sangre–. Creo que es otra cosa.

–Como eludir la respuesta.

Él parpadeó y ella, como siempre, tuvo la sensación de que lo había sorprendido, de que nadie le hablaba así, como si no fuese letal e indomable. Deseó poder interpretar el destello de sus ojos. Él se rio otra vez, pero como con cierta indulgencia. Entonces, como si no hubiese querido hacer otra cosa desde el principio, se acercó un poco más e introdujo una mano por dentro de los pantalones medio abiertos. Ella dio un respingo. Él sabía muy bien lo que estaba haciendo. Sus dedos encontraron el tanga y se abrieron paso entre los pliegues húmedos y ardientes.

–¿Importa? –volvió a preguntarle él al oído mientras los dedos la acariciaban antes de entrar en ella–. ¿Te importa dónde haya estado?

Zara se quedó en blanco, solo existía esa mano férrea que la agarraba de una cadera mientras la otra mano, la maliciosa, presionaba la palma contra su pequeña protuberancia y utilizaba dos dedos para elevarla cada vez más de una forma vertiginosa.

–Si digo que sí, ¿me rechazarás? –la desafió él con un susurro antes de reírse otra vez.

Él hizo algo mágico con la mano, la giró con firmeza y ella se hizo añicos, se deshizo en mil pedazos deslumbrantes y temió no recomponerse jamás... pero lo hizo y él estaba esperando, observando con la mano todavía en el centro de su ser, con los ojos clavados en ella.

–No –gruñó él en voz baja e inflexible–. Nunca toqué a tu hermana ni ella me tocó a mí, no soy un cerdo.

Ella seguía estremeciéndose y no pudo decir nada. Creyó que un eco retumbaba todavía en los cristales del invernadero y le espantó la posibilidad de que fuese ella gritando, que, incluso, hubiese gritado su nombre. Vio que él torcía los labios y una sombra en su rostro. Entonces, sintió toda la tensión de él en cada punto donde se tocaban.

–Chase... –consiguió decir ella, aunque no sabía qué más quería decir.

–Te lo advertí –murmuró él.

Entonces, como por arte de magia, le quitó los pantalones y los tiró a un lado antes de que ella pudiera tomar aliento.

–No soy un hombre bueno, Zara –siguió él mientras le miraba con avidez el encaje de colores que tenía entre las piernas–, pero, si no te paladeo, creo que podría morirme.

Una llamarada la abrasó por dentro otra vez. La miró a los ojos mientras le bajaba el trasero hasta el borde del sofá y se agachó para separarle las piernas con los hombros. Ella, sin saber cómo, tenía las manos entre su sedoso pelo negro y era incapaz de soltarlo. Estaba temblando de los pies a la cabeza.

–Creo que no es una buena idea –susurró ella.

Él sonrió con la boca tan cerca de lo más íntimo de su ser que ella estaba segura de que podía oír las palpitaciones, o que podía sentirlas.

–Yo sé que no lo es.

Entonces, le apartó el tanga e introdujo la lengua. Ella, sencillamente, ardió. Solo existía Chase y su voracidad mientras la devoraba. Utilizaba la lengua como un arma y ella estaba indefensa. Temblaba, se deshacía, giraba y giraba, pero él la arrastraba cada vez más lejos, más profundamente. Cuando volvió a estremecerse entre convulsiones, oyó un sonido agudo y lastimero, pero no le importó que fuese ella, solo se preguntó por qué no se habían roto los cristales. Cuando pudo moverse, se dio cuenta de que estaba inerte, tumbada en el sofá, con las piernas como las había dejado él, con espasmos en las entrañas. Sonrió con sopor antes de darse cuenta y entonces lo miró.

Él se había reclinado en el suelo con una desidia que no se correspondía con la tensión que se reflejaba en cada línea de su cuerpo ni con la intensidad de su mirada; despiadada, voraz y expectante. Pensó que estar más alta que él debería darle cierto poder, pero era demasiado imponente. Era el ser menos dócil que había visto, aunque se arrodillara delante de ella con la frente en el suelo. Pensó en una fiera enorme con esa fuerza contenida y esa mirada depredadora. Chase no se movió, observaba, y cuanto más denso era el silencio, más lo sentía ella como un puño en las entrañas, poderoso e imposible de pasarlo por alto. Hizo un esfuerzo para sentarse y miró alrededor para buscar los pantalones. Sintió un torbellino de cosas que no quería sentir y decidió no hacerles caso. Agarró el pantalón del suelo, se levantó y se lo puso. Él, mientras tanto, siguió reclinado y le recordó a un gran gato indolente, pero menos afable.

–A ver si lo adivino –comentó ella cuando ya tenía los pantalones abrochados–. Ha sido un error, no querías confundirme porque eso me arrojaría por el precipicio y haría que me enamorase perdidamente de ti. Puedes tener relaciones sexuales cuando quieras, Ariella era más impresionante y la verdad es que no estás tan interesado –ella sonrió, pero fue una sonrisa tan afilada que podía dejar marcas–. ¿Lo ves? Sí escucho.

Él se levantó del suelo con un salto tan ágil y elegante que ella parpadeó. Estaba tan cautivada por ese hombre que le extrañaba que pudiese respirar. Además, lo que era peor, todavía podía sentir su diestra lengua, como si todavía lamiera esa humedad ardiente...

–Ven –dijo él en tono tajante, como enojado.

–Tengo que decírtelo –replicó ella porque no pudo evitarlo–. Si todo esto es parte de una maniobra para ponerme en mi sitio castigándome con sexo oral, tengo que decirte... –hizo una pausa cuando él la miró con una expresión entre furiosa y divertida. Tragó saliva– que, evidentemente, está dando resultado. Me siento muy, muy castigada.

Él farfulló algo que ella no pudo oír, pero que la acarició como sus manos encallecidas y expertas. Entonces, hizo un gesto con la cabeza para indicarle que saliera del invernadero por delante de él. Una vez en la casa, los pasillos estaban vacíos y fríos en comparación con el invernadero. Chase la acompañaba con el rostro hermético y amenazador y con los ojos azules más brillantes que el árbol de Navidad de seis metros que dominaba el vestíbulo. La acompañó en ese silencio tenso hasta que llegaron a la suite de ella.

–Gracias –dijo ella con desenfado y dándole golpecitos con el dedo en el pecho–. Ha sido divertido. Sobre todo el paseo ceñudo por la casa desolada. Creo que esa parte ha sido la que más me ha gustado.

Él se movió y ella se dio cuenta de que estaba de espaldas a la pared, de que él era muy grande y muy viril y que la miraba de una forma que una mujer prudente no pasaría por alto, ni seguiría dándole golpecitos con el dedo. Sin embargo, como había demostrado más de una vez durante las dos semanas y media de matrimonio concertado, no era nada prudente en lo relativo a ese hombre.

–Voy a darme una ducha muy fría y luego me reuniré contigo para cenar, como siempre.

Él lo dijo masticando cada palabra, como si estuviese a punto de dejarse llevar por ese ardor sombrío que podía ver reflejado en los ojos que habían adquirido un tono casi gris.

–Nada de esto acaba bien. Es posible que debiéramos dejar de intentarlo. No hay ninguna ley que nos obligue a cohabitar.

–No me cuentes más cuentos, Zara –replicó él en voz baja, pero no enfadado–. No quieras ganarme. Te aseguro que no soy un trofeo. Más bien, soy algo que deberías evitar a toda costa.

Sin embargo, le tomó un largo mechón pelirrojo lo miró fijamente mientras hablaba. Luego, tiró del mechón y la miró a los ojos.

–¿Estás seguro? –susurró ella como si estuviese haciéndole daño.

–Lo estoy –él le soltó el pelo y retrocedió un paso, y ella se sintió como si se hubiese llevado todo el calor y la luz con él–. Total y dolorosamente seguro.

Cuando se dio la vuelta bruscamente y se alejó por el pasillo, ella se quedó mirándolo hasta que desapareció en su habitación. Se dijo que sentía alivio.

Capítulo 7

ERA alivio porque no podía ser otra cosa, se dijo Zara mientras entraba en su dormitorio y empezaba a desvestirse. No podía ser ni añoranza ni nada parecido a la decepción. Debería estar aliviada de que alguien conservara la cordura en ese matrimonio, él. ¿Qué se había pensado? Sin embargo, ese era el problema. Jamás en su vida había pensado menos. Su cerebro no participaba en lo relativo a Chase y no sabía cómo asimilar esa revelación. Pensar siempre había sido su refugio, su escapatoria, su única y mejor arma.

Se quitó los pantalones y examinó los daños; ninguno según los pensamientos que daban vueltas sin darle consuelo. Estaba temblorosa y todavía sentía esa calidez palpitante entre los muslos. Le flaqueaban las rodillas, como si fuese a desmoronarse en el suelo, como el jersey que acababa de quitarse y de tirar a los pies de la cama. Le dolían los pechos, tenía los pezones endurecidos y no entendía por qué no podía dominarse con Chase, o por qué una parte de sí misma no quería dominarse.

–¿Qué te hizo pensar que podías llegar y manejarlo? –se preguntó en voz alta mientras entraba en el cuarto de baño y abría el grifo de la ducha–. No puedes ni manejarte a ti misma.

Sabía que, si le daba muchas vueltas más, explotaría. Entró en la ducha y dejó que el agua caliente la envol-

viera. Echó la cabeza hacia atrás y se habría quedado
así para siempre. Había sitios peores donde esconderse
de sí misma. El agua acabaría enfriándose y quizá para
entonces ya hubiese descubierto cómo podía volver a
confiar en su propio buen juicio, incluso, quizá se hubiese quitado de encima esa sensación que le quedaba...

Entonces, la puerta de cristal de la ducha se abrió. Ella
se sobresaltó, aunque no se sorprendió cuando Chase entró en el recinto de cristal. Era tan formidable y hermoso
que hacía que la inmensa ducha pareciera diminuta. Tenía el rostro rígido y la mirada abrasadora. Todavía llevaba los pantalones de hacer ejercicio, pero no le importó
que se le empaparan.

Ella supo que tenía que decir algo, hacer algo, pero
se quedó como si él la hubiese atrapado con las manos,
y gran parte de ella deseaba que lo hiciera. Tomó una
bocanada de aire profunda y entrecortada, pero no le
calmó lo más mínimo.

–No puedo dominarme –dijo él en un tono afligido
y algo acusatorio–. Ya he infringido hasta la última de
mis reglas contigo.

–Lo siento –replicó ella parpadeando.

No supo por qué había dicho eso cuando no lo sentía
en absoluto, pero sí supo que esa boca letal era toda
para ella y quizá ese fuese el único porqué que necesitaba.

–Lo sentirás, Zara, y mucho antes de lo que te imaginas, pero los dos estamos perdidos, no lo dudes
nunca.

Se acercó más y todo el mundo de Zara se redujo a
él, a su mirada azul, a su boca implacable, al pelo negro
como la tinta pegado a la cabeza, al agua que le caía por
el torso y resaltaba los planos graníticos de su pecho y
de su abdomen salpicados de vello negro. A esa voracidad que se reflejaba en su cara. No pensó, apoyó las

manos en su pecho y sintió una oleada de calor que la derritió por dentro.

–No empieces si piensas parar otra vez –le pidió ella llevada por el deseo palpitante–. No puedo soportar ese latigazo.

Él se inclinó a pesar de sus manos, le tomó la cara con las manos y le devoró la boca como una llamarada abrasadora. Ella solo quiso abrasarse.

–No voy a parar, no puedo, pero tampoco puedo prometerte nada sobre los latigazos.

Otra vez estaba húmeda y sonrojada. Estaba mojada y caliente por el agua, como mil fantasías, y todavía le entusiasmaba su sabor. Derribaba todas las barreras, pero lo único que podía hacer él era buscar el mejor ángulo para besarla más profundamente. Era una idea espantosa y él lo sabía. Lo había sabido cuando todavía estaba en su dormitorio y una voz imperiosa lo incitaba para que volviera con ella y tenerla por fin debajo, encima o donde fuera, para entrar en ella fuera como fuese. Lo había sabido con cada paso que daba por el pasillo y, naturalmente, lo había sabido cuando entró en el cuarto de baño y vio su maravilloso cuerpo al otro lado del cristal empañado. La había mirado y podría haberse marchado. Al fin y al cabo, había dominado el primer impulso, había pensado lo que estaba a punto de hacer y había sabido que era un error.

Aun así, entró en la ducha. Era una idea espantosa y se arrepentiría, pero por fin estrechó ese cuerpo contra él, esos ojos dorados... el agua que le oscurecía el pelo... Era la peor idea que había tenido en su vida, pero eso no hizo que reculara hasta que la tuvo contra los azulejos de la pared y se estrechó contra la belleza de sus abundantes pechos.

–Deberías parar ahora mismo –le advirtió él entre dientes, casi como si estuviese enfadado–. Deberías salir corriendo mientras puedas. No sabes las cosas que puedo hacerte.

Ella parpadeó y sus ojos brillaron de una forma que le llegó directamente a las entrañas.

–Entonces, es posible que lo mejor sea que paremos –concedió ella con una delicadeza irónica–. Tal y como estás comportándote, todo lo que venga después solo puede ser una decepción, ¿no crees? Hay quien exagera las virtudes de lo que ofrece, Chase.

–Estoy intentando protegerte.

Ella no sabía quién era, ella no sabía lo que podía llegar a hacer y lo que había hecho cuando era un niño... Ella puso los ojos en blanco. Evidentemente, no estaba nada impresionada. La miró fijamente. Le dio vueltas en la cabeza, pero no pudo acordarse de la última vez que alguien se había atrevido.

–En este momento, empiezo a estar aburrida –comentó ella contoneando las caderas contra él–. Lo único que has hecho es parar cuando yo quiero seguir y proferir amenazas sobre cosas espantosas que no acabas de concretar. ¡Ah, e insultarme! No nos olvidemos.

–Entonces, deberías ser más prudente, parezco muy inestable.

–No sabes nada de psicología, ¿verdad? –preguntó ella con un brillo en los ojos–. La mejor manera de que alguien recorra un pasillo oscuro y aterrador es decirle mil veces que no haga exactamente eso.

–Yo no soy un pasillo oscuro, pero eso no quiere decir que no vaya a hacerte daño.

–Es lo que pasó con la caja de Pandora –siguió ella con desenfado–. Aunque, creo que en el fondo estaba la esperanza. Creo que sobreviviré, Chase, en el supuesto de que alguna vez dejes esas amenazas y esas advertencias y hagas algo.

Él cerró los puños, luchó mil batallas dentro de sí mismo y las perdió todas.

—Muéstrame algo de instinto de conservación, Zara. Eso es lo único que pido.

—Se me acaba de terminar —ella le rodeó el cuello con los brazos y se arqueó contra él, que tembló del esfuerzo que hizo para dominarse—. Empiezo a sospechar que no puedes estar a la altura.

Chase la miró fijamente y se rio. Fue una risa de verdad y no se acordó de cuándo había sido la anterior. Ella lo miraba con cierta malicia y la risa se le mezcló con el deseo y la avidez, convirtiéndolo en algo mucho más potente. Todavía estaba riéndose cuando la besó otra vez y todo se hizo mucho más intenso, lo desenfrenó. Levantó las manos hasta tomarle los pechos. Apartó la boca de la de ella y se inclinó para tomarle un pezón con los labios. Ella gimió y él sintió una descarga en el sexo. Usó los dedos, la boca y la punta de los dientes para conocer sus pechos hasta que tuvo las mejillas rojas y la boca entreabierta. La piel era sedosa y quería conocer hasta el último centímetro. Se apartó y ella abrió los ojos con asombro y un brillo que lo atravesó.

—Me toca a mí —susurró ella.

Lo empujó contra la otra pared de la ducha y la miró mientras lo besaba por el cuello e iba bajando hasta las tetillas. Siguió bajando y se arrodilló mientras recorría la línea de vello que le cruzaba el abdomen hasta los pantalones empapados. Se sentó en los talones, lo miró y esbozó una sonrisa. Le bajó los pantalones sin dejar de mirarlo y los dejó tirados en el suelo de la ducha. Chase los apartó con los pies, pero ella tenía la mirada clavada en él, en su sexo, que estaba tan cerca de su boca que él no podía respirar.

–Por fin –murmuró ella.

Lo miró y él sintió como si el corazón fuese a salírsele del pecho. Entonces, ella se inclinó hacia delante y se lo introdujo en la boca en toda su extensión. Él creyó que iba a morirse. Su boca era cálida y lasciva, perfecta. Usó las manos y la boca con un ritmo lento y devastador. Él creyó que podía explotar. Introdujo las manos entre su pelo para mantenerse anclado a ella más que para guiarla y ella siguió lamiéndolo, succionándolo, volviéndolo del revés con cada movimiento de su lengua. Quizá ella no fuese la única que debería haber sido prudente... Entonces, se dio cuenta de que estaba a punto de quedar en evidencia.

–No –consiguió decir él–. Así, no.

La levantó y la tomó en brazos. Ella se quedó pálida, se puso roja y todo el cuerpo se quedó rígido como si hubiese recibido una descarga eléctrica.

–¡No puedes llevarme en brazos!

Él frunció el ceño, salió de la ducha y fue al dormitorio.

–¿Estás segura? Creo que es precisamente lo que estoy haciendo.

–No, es que... No puedes... Soy demasiado...

Él se paró con ella en brazos al lado de la cama y la miró detenidamente.

–Si hubiese sabido que te alteraría y te callaría solo con esto, lo habría hecho en la maldita iglesia –comentó él con ironía.

–Vas a herniarte –replicó ella con rabia y con la humillación reflejada en las mejillas.

Entonces, él cayó en la cuenta, se rio, la dejó en la cama y la miró de arriba abajo.

–Eres perfecta.

–Ya te he dicho que no me gusta que sean condescendientes conmigo –ella frunció más el ceño–. Además, no me gusta estar desnuda.

–Deberías estar siempre desnuda –él la besó en el cuello, donde le palpitaba el pulso–. La ropa te hace un servicio muy pobre. Tienes el cuerpo de una diosa y pienso paladearlo hasta el último rincón.

–Chase... –ella lo dijo con tanta tensión que él la miró–. No soy una mujer de esas que los hombres se ligan y se llevan... por ahí.

Él se apoyó en un codo y, fascinado, le pasó un dedo por el cuello y alrededor de un pecho. Notó que ella se estremecía y le avivó la llamarada que lo abrasaba por dentro.

–No sabía que hubiese mujeres idóneas para levantarlas en brazos. No son mancuernas ni pesas, ¿no? Sin embargo, sí hay un montón de hombres débiles, todo hay que decirlo. No creo que pudieran levantar una pluma y mucho menos a una mujer.

–Me levanté del baño la primera noche que estuve aquí...

–Te aseguro, Zara, que no voy a olvidarlo fácilmente.

–... para que pudiéramos ahorrarnos estas cosas. No necesito el rito de la seducción. Ya sé cómo soy, ya sé cómo son todas las mujeres con las que te han fotografiado, ya sé que, para tu criterio, soy una vaca –ella levantó la barbilla–. Y no me importa, no te atrevas a discutirlo.

Él arqueó las cejas por el asombro de que pudiera estar tan equivocada y por el desafío.

–Evidentemente, sí te importa.

–Preferiría que dejaras de fingir que puedo reemplazar a Ariella. Es denigrante para todos nosotros.

Él se rio sin poder evitarlo y ella dejó escapar un sonido que pudo ser un improperio mientras empezaba a apartarse de él. Chase se puso encima de ella, con las manos a cada lado de su rostro furioso, y no escondió la erección.

–Zara, ¿qué mentiras tan espantosas has estado contándote?

–Es verdad –susurró ella–. Me lo dejaron claro hace mucho tiempo, como te dije antes.

Él le pasó los pulgares por los pómulos y la miró a los ojos.

–Me dijiste que tu padre es más majadero de lo que te habías imaginado y qué tu madre es una narcisista que da pena. Yo ya sé que tu hermana es insulsa y despiadada.

Él no supo de dónde había salido esa paciencia que se parecía a la amabilidad, como si ella le importase por algo más que como un medio para vengarse. No podía reconocerlo.

–¿Por qué iba a importar lo que pensara esa gente de ti? ¿Por qué ibas a tener que aceptar lo que ellos llaman verdades?

Ella se movió con cierta inquietud parecida al pánico, pero no intentó quitárselo de encima y él lo consideró una victoria.

–No necesito que el desconocido con el que me he casado, quien, además, no ha sido especialmente amable conmigo, me diga mentiras piadosas para que me acueste con él. Hace mucho que acepté la realidad. Es posible que tuviese un deseo algo infantil de agradar a mi difunta abuela y a mi padre, que siempre me censuraba, pero no temas, ya sé lo problemático que es eso y que es muy improbable que me salga bien. Desde luego, no necesito que tú, además, finjas que soy hermosa, es insultante.

Él sintió que algo se le liberaba por dentro, que se disolvía como el hielo en agua caliente, y comprendió que esa mujer tenía mucho más peligro, y mucho más profundo, del que se había imaginado. Sin embargo, no pensó en eso porque solo lo llevaría a esos sitios sombríos que no quería visitar cuando todavía creía que podría morirse si no entraba en ella.

–Eres hermosa –replicó él tajantemente–. Impresionante para ser más exactos.

–¡Estás estropeándolo todo!

–¿Cómo dices?

–No entiendo por qué está pasándome esto –ella miró al techo como si se lamentara y luego lo miró a él con el ceño fruncido–. Se supone que eres un hombre que entras y sales de las camas de todas las mujeres que te encuentras por delante. ¿Por qué no podemos limitarnos a tener relaciones sexuales? ¿Por qué tenemos que hablar tanto?

Él, atónito, sacudió la cabeza y esa cosa que tenía por dentro fue extendiéndose como si fuese igual que cualquier otro hombre, como si pudiese hacer eso sin efectos secundarios, sin destruirse a sí mismo y a ella por el camino. Sin embargo, todo eso daba igual en ese momento, cuando por fin tenía su cuerpo desnudo debajo, cuando tenía toda la noche para demostrarle lo equivocada que estaba y estaba impaciente.

–No voy a discutir sobre esto, Zara. Si no puedes aceptar la verdad cuando te la dicen, lo mínimo que puedes hacer es callarte y dejarme que te la demuestre –ella lo miró fijamente y él sonrió–. Ahora.

Ella pensó en rebatirlo, pero él bajó la cabeza hasta tomarle un pezón con la boca y se olvidó cuando la llamarada se adueñó de ella. Se olvidó de resistirse, de obligarlo a que reconociera que ella era demasiado grande, demasiado poco atractiva, excesiva, como siempre le habían dicho, como había aceptado que era porque era lo único coherente con el trato que le habían dado toda la vida. Todavía sentía su sabor en la lengua, su virilidad vertiginosa, la potencia aterciopelada de su acero. No había querido parar, había querido seguir arrodillada bajo el agua caliente hasta que él hubiese quedado tan débil por ese disparate como lo estaba ella. Había querido dejarse arrastrar y repetirlo una y otra vez. Entonces, él la había levantado en brazos como si fuese una pluma y todo su mundo se había salido de la órbita. Chase volvió a moverse, bajó una mano por su abdomen, le tomó su feminidad y ella también se olvidó de eso. Solo quedaron sus besos y el rastro ardiente que dejaban en sus pechos, su diestra mano que la acariciaba y entraba en ella hasta que jadeaba al borde de...

–Mírate –le susurró él al oído–. Nunca he visto nada tan hermoso en mi vida.

–Deja de decir eso –consiguió decir ella.

Sin embargo, él estaba moviéndose otra vez. Se puso entre sus piernas y su poderoso miembro sustituyó a los dedos, pero esperó en la abertura mientras toda ella temblaba de ganas.

–La primera noche, cuando te levantaste en la bañera, me quedé sin habla –dijo él con esa voz.

–Ojalá te quedaras ahora –ella intentó introducírselo con las manos en la cintura y las piernas en las caderas, pero él se rio y se quedó donde estaba–. ¿Qué playboy egoísta e irreflexivo eres? Ya deberíamos haber tenido cinco relaciones sexuales. Esto es una tortura.

–No he empezado a torturarte –aseguró él en ese tono que la cubría como una especie de miel–. No tendrás que preguntártelo, Zara, lo sabrás. Soy bastante creativo.

–Esperemos que, entretanto, no me muera de aburrimiento.

Él volvió a reírse y ella creyó que iba a ponerse a gritar de desesperación... Entonces, entró con una acometida profunda, intensa, perfecta. Era grande por todos lados, pero no le dolió, solo lo sintió muy dentro de ella, como si estuviese hecho precisamente para eso, como si ella estuviese hecha precisamente para eso. Él ya no se reía. El pecho se le movía como si estuviese corriendo una carrera y su rostro reflejaba el mismo deseo que la dominaba a ella, sus ojos resplandecían de voracidad. Salió y volvió a entrar y los dos gruñeron, sus mundos se desvanecieron. Chase se movió para acercarla más mientras marcaba un ritmo demoledor. Ella clavó los dedos en su piel y lo siguió dejándose arrastrar, dejando que la llevara a donde quisiera ir. Lo asombroso era que cada vez que acompañaba una de sus acometidas, mientras se movían con una cadencia nueva que habían creado entre los dos, se sentía más hermosa que nunca en su vida. Por fin había encontrado su sitio. Él empezó a moverse más deprisa, con más profundidad. Bajó una mano hasta la pequeña protuberancia y empezó a acariciarla en círculos, pero no pudo seguir mucho tiempo. Ella notó que se estremecía y supo que estaba tan al límite como ella. Presionó con más fuerza y se sintió perdida, gritó su nombre y él dejó escapar un gruñido sobre el hombro de ella. Antes de que pudiera reponerse, antes de que pudiera volver al mundo de los vivos, él le tomó el trasero entre las manos y acometió más profundamente, tan maravillosamente que volvió a elevarse por encima de todos los límites. Esa vez, además, él la siguió.

Cuando se despertó sobresaltada, Zara se dio cuenta de que estaba sola. Claro que estaba sola, le recordó esa vocecita interior tan desagradable que se parecía a la de su hermana, ¿Qué había esperado? Se sentó lentamente, como si le diera miedo analizar lo que sentía. Se apartó de la cara la maraña de pelo, miró alrededor y le emocionó, absurda y desastrosamente, comprobar que él había encendido la chimenea antes de marcharse. Crepitaba y hacía que ella se sintiese mejor, más como la mujer que Chase había dicho que era que como la mujer que ella sabía que era. La oscuridad era absoluta al otro lado de la ventana y no le sorprendió que fuese tan tarde. En realidad, era Nochebuena y no pudo contener una sonrisa. Habían alcanzado el clímax juntos otras dos veces antes de que ella cayera rendida. Si no volvía a pasar, se dijo a sí misma, no le importaría. Notó que se ponía roja y que el cuerpo le llamaba mentirosa, o, mejor dicho, adicta.

Se sentó en el borde de la cama y los pies tocaron el suelo gélido, pero se levantó y fue corriendo hasta el vestidor. Estaba eligiendo los calcetines más gruesos cuando oyó que se abría la puerta del dormitorio. Asomó la cabeza por la puerta entreabierta del vestidor y vio a Chase medio desnudo, con el ceño fruncido y con una bandeja de comida, algo casi tan increíble como si fuese la aparición de un elfo. Se miraron un rato.

–No te vistas por mí –comentó él mientras dejaba la bandeja en la mesita que había delante de la chimenea.

Ella se puso lo primero que encontró; unos pantalones de chándal, un jersey de cachemir y los calcetines gruesos y horribles.

–¿Has traído comida? –preguntó ella mientras se acercaba a donde seguía él con el ceño fruncido.

–¿Es una pregunta o estás constatando un hecho?

–Habría bastado con un «sí» o un «no», don Gruñón sin Ningún Motivo incluso en Nochebuena.

–Es un pastel de carne con puré de patata –le explicó él con una mueca delatora en los labios–. Es una receta personal de la señora Calloway y me la ha hecho desde que era un niño.

Si se quedó sorprendido por haberle contado algo que podría considerarse sentimental, casi tan sorprendido como se sentía ella, lo disimuló con esa expresión ceñuda tan típica de él. Ella se sentó en el sofá, encima de las piernas, e hizo una ligera mueca de dolor que le recordó lo que habían estado haciendo toda la tarde.

–Estás dolorida.

Zara fue a poner los ojos en blanco, pero se fijó en la expresión de él. No era solo de mal humor. Era mucho más sombría, atormentada, y esos ojos azules tenían un brillo gélido y vacío. Ella hizo un esfuerzo para sonreír con malicia.

–De la mejor manera posible.

Chase se quedó de pie mientras ella se servía un trozo de pastel en un plato y daba un sorbo de la cerveza artesanal que había llevado él. Cuando fue a dar el primer mordisco, él ya se había sentado en la butaca que había en el extremo más alejado de la mesa y de la chimenea. Ella pensó en un animal salvaje que, herido y hambriento, era físicamente incapaz de acercarse a pesar de que lo necesitaba.

–Tenía una gatita cuando era pequeña –le contó ella sin atreverse a mirarlo–. Era mi único amor verdadero y no salía nunca de casa. Un día, al volver del colegio, vi que había desaparecido. La busqué por todos lados, la llamé por toda la calle y por las casas de los vecinos, hasta que diez días más tarde, cuando estaba llamándola una tarde, oí que me contestaba.

–Si bien me fascinan las historias de niñas pequeñas y gatitas perdidas –replicó él con ironía–, creo haberte dicho que no me cuentes historias tuyas, Zara.

Lo miró de soslayo. Estaba elegante y peligroso a la vez, turbadoramente viril. Parecía como si se hubiese pasado las manos por el pelo muchas veces y todavía mostraba ese pecho tan perfecto que era casi cómico.

Además, se había puesto unos pantalones de pijama de seda negra que le colgaban de las estrechas caderas. Parecía un rey indolente y lascivo, sobrenaturalmente indiferente al clima y más atractivo todavía por eso. Hacía que se le secara la boca. Dio otro sorbo de cerveza y no hizo caso de que la mirara con los ojos entrecerrados y de que, a pesar de su tono de voz, había sentido su calidez desde que había empezado a hablar.

–Estaba debajo del seto que separaba el césped del bosque –ella sonrió cuando él suspiró–. Tuve que tumbarme boca abajo en la hierba y hablarle. Fue saliendo poco a poco, pero no terminaba de acudir a mí, hasta que pude agarrarla. La estreché contra el pecho y el corazón le latía con todas sus fuerzas, como si estuviese aterrada de lo que más deseaba.

Chase estaba amenazadoramente silencioso y ella no volvió a mirarlo. Se dedicó a comer el pastel de carne y a deleitarse con cada bocado. La señora Calloway se había superado a sí misma. Estaba tan hambrienta que, incluso, se comió los guisantes de la salsa cuando siempre evitaba los guisantes. Solo se oía el tenedor sobre el plato y el fuego de la chimenea. Hasta que se oyó la voz sombría de Chase con esa entonación británica que hizo que casi diera un salto en el sofá.

–¿Tengo que entender que yo soy esa gatita perdida?

–Naturalmente, uno macho, mucho más grande, mucho más poderoso y fiero.

Él la miró como si, efectivamente, fuese un felino.

–¿Qué es lo que tú te imaginas que deseo más aunque me aterra decirlo? –preguntó él sin alterarse.

Zara tomó la botella de cerveza, más para disimular el temblor de la mano que para beber.

–No puedo imaginármelo –contestó ella.

Naturalmente, se lo había imaginado. Tenía mucha imaginación cuando se trataba de ese hombre, pero no iba a ayudarle en esa situación. No podía conseguir que se sintiera menos frágil por mucho que intentara fingir lo contrario. Además, tampoco podía competir con lo que había pasado entre ellos de verdad, con ese torbellino erótico que le daba vueltas en la cabeza. Quizá eso fuese lo que le dio valor para ponerse muy recta y preguntarle lo que quería preguntarle de verdad porque, en ese momento, le importaba mucho, más de lo que estaba dispuesta a reconocerse a sí misma. No porque él le hubiese dicho que era hermosa, sino porque ella había estado tentada de creerse que lo había dicho sinceramente.

–¿Por qué no me dices el verdadero motivo de que sigas adelante con este ridículo matrimonio?

Capítulo 8

CHASE creyó por un momento que por fin se había congelado, aunque a una parte de sí mismo le emocionaba la idea de que ella pudiera interpretarlo tan completamente, que pudiera ver tan dentro de él que ya supiera lo que había planeado para Nochevieja; su venganza.

Sin embargo, eso era imposible, naturalmente. Allí, en esa habitación cálida a la luz de la chimenea, podía compararlo con un gatito perdido, pero no lo era. Lo único que tenían en común eran las garras, pero las de él eran mucho más afiladas.

–Lo siento, pero es el mismo motivo que antes.

–Yo también lo siento, pero no me lo creo –replicó ella sin sentirlo lo más mínimo.

Él habría sonreído si no hubiese entendido lo serio que era todo eso. Ella no podía saberlo y él no debería querer que ella lo supiese. No serviría de nada que lo supiera, no cambiaría nada.

–No es cuestión de que te lo creas –le rebatió él en ese tono de consejero delegado que no admitía discusión–. Es así. Cuando tomé las riendas de la empresa después de la muerte de mi padre, a nadie le gustó. Habían leído demasiadas revistas y habían prestado muy poca atención a mis logros. Los acreedores que se conformaban con la palabra de mi padre como garantía de que cobrarían a su debido tiempo, no mantuvieron esa confianza conmigo y exigieron el pago. Necesitaba una inyección de capital y accedí a fusionarnos con Nicodemus Stathis, una fusión que mi padre había apoyado siempre, pero Nicodemus pidió un precio a cambio.

Zara miró las fotografías enmarcadas que había encima de la chimenea.

–Tu hermana.

Él se preguntó qué veía ella. Su padre la había vendido de la misma manera. ¿Eso era él para ella? ¿Era un hombre tan parecido a su padre que eran casi idénticos? La idea la daba náuseas, pero no podía negar que había muchas coincidencias. Quizá hubiese tenido que convertirse en Amos Elliott para derrotarlo, la idea le repugnaba.

–Sí, mi hermana. Además, antes de que lo preguntes, no, ella no quería casarse con él, la obligué –reconoció Chase con una mueca de odiarse a sí mismo por haberlo hecho.

Había intentado proteger a Mattie toda su vida y la había vendido como un mueble al hombre que ella había intentado eludir durante años. Su madre habría estado muy orgullosa de él, pensó con desprecio.

–Vi fotos de su boda en las revistas, como todo el mundo, pero no vi ni una foto tuya poniéndole una pistola en la cabeza –comentó ella en ese tono desenfadado que le iluminaba los rincones que menos quería que le iluminara.

También le gustaría poder odiarla. Todo sería mucho más fácil, sería como lo previó cuando tramó esa venganza. La miró y se debatió entre terminar esa conversación besándola, como más le gustaría a él, o levantándose y marchándose, como debería hacer. Sin embargo, no hizo ninguna de las dos cosas y no supo por qué se quedó como si esos ojos dorados lo mantuvieran clavado a la butaca. Quizá hicieran algo más que eso porque siguió hablando a pesar de todo.

–La otra presión llegaba de tu padre, quien quería quitarme de mi puesto y, naturalmente, influye mucho en los votos del Consejo sobre esas cosas –dijo él en vez de todo lo que podía haber dicho–. Se empeñó en que entrara en la feliz familia Elliott a cambio de que abandonara su campaña para que me destituyeran como consejero delegado y presidente de mi propia empresa –la rabia se adueñó de él porque, al fin y al cabo, ella no era una amiga en la que confiar, era una pieza de ajedrez–. Ya hemos hablado de esto, ¿verdad? Estaba bastante bebido en nuestra boda, pero no me desmayé, recuerdo la conversación que mantuvimos en la limusina.

–Sí –reconoció ella con una expresión que él no supo interpretar–, ya hemos hablado de algunas de estas cosas, pero tiene que haber formas de sortear a mi padre sin tener que casarse con una desconocida.

–¿De verdad? –preguntó él arqueando las cejas con incredulidad–. Sin embargo, aquí estamos los dos.

–Evidentemente, yo tengo problemas sin resolver con mi padre –contestó ella en ese tono triste que era la perdición de él–. ¿Cuál es tu excusa?

Chase se rio, aunque fue una risa más bien amarga.

–Supongo que yo también tengo problemas sin resolver con mi padre.

No pudo mirarla. Pensó que esa mirada cálida de ella tenía algún tipo de hechizo que le hacía decir cosas que no había dicho a nadie. Miró fijamente la chimenea con la firme determinación de no decir una palabra más.

–Chase, no tienes que avergonzarte de eso –la voz de Zara fue más cálida y peligrosa que el fuego–. Comprobarás que todos los hijos de hombres poderosos tienen problemas de algún tipo, hasta en las familias más felices. Es lo natural.

–Mi padre y yo nunca estuvimos muy unidos. Fui una gran decepción para él en todos los sentidos.

Se quedó atónito cuando se oyó a sí mismo. Como si fuese un hombre que se sinceraba, como si hablase de sus cosas con las mujeres con las que se acostaba, con cualquiera...

–¿Cómo es posible? –preguntó ella–. Eres su sucesor. Trabajaste en su empresa y tu trabajo no fue meramente nominal.

–No sabes si lo fue o no.

–En realidad, sí lo sé –contestó ella en ese tono sereno que cada vez era más adictivo para él–. Soy una investigadora muy buena. Sé el trabajo que hiciste en Londres.

–Aun así, a él le parecía que mis proezas no honraban el nombre de mi familia.

Él lo dijo tajantemente porque no quería ahondar en lo que había dicho ella, porque sonaba a excusa y estaba lleno a rebosar de ellas. No había sido el sucesor de su padre en el sentido que había dicho ella. Había sido el causante de la peor de sus pesadillas. Ni el exilio en la tierra de su madre, que se había impuesto él mismo, ni la competencia en la empresa familiar habían sido penitencia suficiente para sus pecados. Él lo sabía muy bien, lo había vivido durante los últimos veinte años.

–¿Proezas? –preguntó ella con cierta curiosidad–. Parece apasionante.

–Demasiado apasionante para mi padre. Mi hermana y yo aparecíamos demasiado en las revistas para su tranquilidad de espíritu –contestó él sin inmutarse–. Prefería a Nicodemus, dijo muchas veces que él era el hijo que le habría gustado tener.

Oyó que ella se movía en el sofá y no quiso oír lo que podría decir, no quería ni el perdón ni la absolución, no se merecía ninguna de las dos cosas.

–Y yo estaba de acuerdo con él, Zara. Cuando murió, lo único que quedó fue la empresa y yo habría hecho cualquier cosa por salvarla –la miró con frialdad y rabia, pero ella, naturalmente, no se amilanó–. Lo hice, lo haré.

Entonces, ella se levantó y lo sorprendió. Se dijo que se alegraba de que ella tuviera la entereza suficiente como para detener esa desastrosa conversación. Él era incapaz de marcharse y ella tendría que hacerlo por los dos... Zara, sin embargo, no se marchó, se acercó a él como si fuese lo más natural del mundo, se sentó a horcajadas sobre su regazo y le rodeó el cuello con los brazos, como si se hubiesen sentado así miles de veces, como si ella estuviese hecha a su medida. Gruñó y se dijo a sí mismo que estaba molesto, aunque la agarró para sujetarla encima de su sexo. Molesto, se recordó mientras se movía para que ella acercara sus impresionantes pechos a él.

–Cuéntame qué más cosas has hecho para salvar la empresa –murmuró ella mientras lo miraba de una forma que lo abrasó por dentro–. ¿Tuviste que sacrificar tu cuerpo?

–Sí. Fue espantoso.

Ella sonrió con una malicia ardiente que lo excitó e hizo que la deseara inmediata y completamente.

–Pobre... ¿Por qué no me lo cuentas?

Zara contoneó las caderas y los dos tuvieron que contener la respiración. Entonces, ella se rio en voz baja para que él perdiera el norte, y habría dado resultado si él todavía tuviese un norte. Chase inclinó la cabeza hacia atrás, ella la inclinó hacia abajo y sus labios se quedaron a unos milímetros. La melena de ella los rodeó y él pensó que era suya. Lo sintió en todo el cuerpo, como un impacto profético por toda la piel. Ella sonrió y se acercó un poco más todavía.

–Tengo toda la noche.

Chase también sonrió y se olvidó de todos los motivos que tenía para no sucumbir a eso. Por qué no debería permitir que esa situación empeorara todavía más, por qué no debería difuminar todavía más los límites cuando sabía cómo iba a terminar todo eso. No obstante, le tomó la palabra.

A la mañana siguiente, Zara salió de la ducha muy contenta consigo misma, con la vida en general y, desde luego, con la larga y desenfrenada noche que había pasado con Chase. Tan contenta que estaba cantando un villancico mientras se secaba y tardó en oír la otra melodía, hasta que se dio cuenta de que era un mensaje de voz en su móvil. Fue hasta la mesilla, donde lo tenía enchufado, y frunció el ceño cuando empezó a sonar otra vez. Frunció más el ceño cuando vio el nombre en la pantalla. Era su padre. Tragó saliva, se sentó en el borde de la cama y todo lo que había sentido antes se esfumó como por arte de magia. Sin embargo, no era una cobarde y su abuela le había pedido que le diera una oportunidad. Tomó el teléfono y contestó antes de que pudiera arrepentirse.

–Hola, papá, ¡feliz Nochebuena! –le saludó ella en un tono jovial.

–Ahórrame esas sandeces, Zara –dijo Amos en su típico tono hosco–. La Navidad es para necios que necesitan una excusa para gastarse el dinero que no tienen.

Su padre no cambiaba nunca y, en cierto sentido, ella supuso que eso debería tranquilizarla, aunque no lo consiguió.

–¡Esa actitud te pondrá en la lista de los niños malos de Santa Claus! –exclamó ella en el mismo tono jovial que antes.

Entonces, se acordó de que tenía muchos motivos para no hablarle así. Uno de ellos fue el silencio sepulcral que se hizo. Ella se tapó los ojos con la mano que le quedaba libre y pudo ver la expresión implacable de Amos como si lo tuviese delante.

—Esperaba haber sabido algo de ti.

Ella entendió que eso era un regalo, que no había recibido uno así de su padre desde hacía mucho tiempo, que él estaba pasando por alto su intento de provocarlo y que debería estar agradecida... pero no se sentía agradecida. Algo nuevo y mucho más ardiente la dominaba por dentro y hacía que se sintiera temeraria e invulnerable a la vez.

—¿Ha cambiado nuestra relación por algo? —preguntó ella como si no pudiera dominar la lengua—. La última vez que llamé a casa para charlar me dijiste que ya me lo comunicarías cuando quisieras hablar conmigo y que no me metiera donde no me llamaban. Creo que fue el primer año que fui a la universidad de Bryn Mawr.

Se hizo un silencio, como si él se hubiese quedado mudo de asombro, y ella notó que se le aceleraba el corazón por la emoción de la victoria, no por el miedo.

—No creo que vayas a ponerme a prueba cuando hay tanto en juego —contestó él en un tono más desagradable todavía.

—Tú me has llamado, papá.

—Mañana vamos a celebrar la cena de Navidad de siempre. Espero veros a los dos. Puedes olvidarte de esa actitud. Quiero comprobar si mi inversión está dando dividendos y, si interfieres en mi camino, no vacilaré en machacarte. Espero que estés oyéndome.

Zara estaba oyéndolo, pero prefirió no centrarse en esa parte de lo que había dicho.

—Supongo que, cuando hablas de tus inversiones, te refieres a mí. Sinceramente, papá, esos halagos se me van a subir a la cabeza. Si sigues así, podría convertirme en Ariella...

–¡Me refiero a la relación con la familia Elliott, no a ti! –la interrumpió él a gritos–. Además, será mejor que no hagas tonterías con Chase Whitaker. Puedes estar segura de que no te habría metido en esto si hubiese podido evitarlo.

–¿Si Ariella no hubiese huido y hubiese resultado ser menos digna de confianza que la hija que sí se presentó y subió hasta el altar? ¿Te refieres a eso?

Era como si no pudiese dominar su bravuconería. Naturalmente, era más fácil por teléfono, cuando no estaba al alcance de él, pero rozaba la locura, o era admirable y lo había pospuesto demasiado tiempo, según como se mirara. Sabía muy bien de dónde le había llegado ese valor para hablar así a su padre. Chase le había dicho que era hermosa y eso se había convertido en valor cuando más lo necesitaba.

–Por una vez, tienes que hacer lo que se te diga –murmuró Amos en ese tono gélido que todavía la alteraba–. No me obligues a sofocar esa actitud tuya, creo que no iba a gustarte.

Ella estaba segura de que no le gustaría y perdió toda esperanza. Ese hombre no se merecía la lealtad que sentía hacia él y ella lo sabía, independientemente del cristal de color de rosa que tuviera su abuela delante de los ojos. Ella seguía pensando que podía hacer algo para que él reconociera que era maravillosa cuando sabía muy bien que no podía hacerlo. Él era peor que todos los malos de las novelas que había estudiado, y mucho más aterrador, porque era de verdad. No le quedaba ni un atisbo de ingenuidad en lo que se refería a él y, aun así, se había casado con un desconocido porque él había querido. ¿Era temerario ser un poco bravucona con él o era triste que todavía contestara sus llamadas de teléfono?

–¿Estás escuchándome? –bramó Amos con cierta incredulidad porque nadie lo desdeñaba.

–La cuestión es que Chase tiene sus tradiciones navideñas –mintió ella–. Significan mucho para él y no va a renunciar a ellas por mí. En realidad, presionarlo podría ser más perjudicial que beneficioso –oyó que su padre farfullaba algo, pero siguió–. Sin embargo, piensa asistir a la fiesta de fin de año de Whitaker Industries. Creo que quiere empezar una tradición nueva. Supongo que estarás allí.

–Tienes una semana –contestó su padre entre dientes–. Será mejor que no vaya a la fiesta de fin de año y descubra que has estropeado algo a lo que he dedicado mucho tiempo y energía. Te prometo que no te gustará si eso ocurre.

Entonces, él colgó con un golpe el teléfono fijo que todavía usaba.

–Feliz Navidad a ti también –murmuró ella mientras dejaba el móvil en la mesilla.

Dejó escapar un largo y profundo suspiro, pero no le dio muchas vueltas a esa manera espantosa que tenía su padre de hablarle ni a cómo conseguía que se sintiera. Tampoco se atormentó preocupándose por las consecuencias que pudiese tener hablarle así cuando sabía que él solo quería obediencia sin rechistar. ¿Qué sentido tendría? Amos era Amos. Lo único que no entendía era por qué seguía poniéndose en una situación que le permitía a él decirle esas cosas hirientes. Lo había hecho por su abuela, pero no iba a repetirlo.

Fue al vestidor, entró y se vistió con el piloto automático. Se puso unos pantalones de terciopelo de color crema y una camisa sin cuello verde oscuro, como si su subconsciente se resistiera a renunciar al espíritu navideño independientemente del esfuerzo que había hecho Amos en ese sentido. Se peinó el pelo húmedo y se lo recogió con un moño en la nuca. Se miró en el espejo de cuerpo entero y no vio ni rastro de cómo se habían unido su cuerpo y el de Chase esa noche, maravillosa y milagrosamente, pero sí vio la burla de su padre y oyó la risa maliciosa de Ariella, la banda sonora de toda su vida. Daba igual la cantidad de veces que Chase le hubiese dicho que era hermosa y que se lo demostrara, ella seguía viendo lo que veían ellos. Una mujer nada delgada que nunca sería la primera elección de un hombre. La diferencia era que esa vez no le entristecía, le enfurecía. Se enfurecía con su padre y su hermana, con esa situación absurda en la que no debería haber dejado que la atraparan por muy tentador que hubiese sido reivindicarse, honrar al único integrante de la familia que la había tratado bien, demostrar su valía por fin...

Sin embargo, la idea de que hubiese podido perder la oportunidad de disfrutar con Chase, por muy provisional que fuese todo eso y por mucho que le costara reponerse después, hacía que el corazón se le encogiera dolorosamente. Decidió que era un momento tan bueno como cualquier otro para saber lo que le parecían las vacaciones a su marido.

Lo encontró en el despacho que había en la segunda planta, en el ala donde, según la señora Calloway, había varias suites para invitados con una entrada propia. Estaba sentado detrás de una mesa enorme que había en el centro de la habitación, tenía el ordenador portátil abierto y lo miraba con el ceño fruncido con montones de carpetas a los lados. Solo se oía el ruido de sus dedos al teclear y se encontró atrapada en la puerta observando esa serenidad implacable de un hombre de su posición, de un trabajo que tendría que hacer a todas horas, pero que ella no se había imaginado nunca. Se lo había imaginado abatiendo subordinados con la mirada, pero no escribiendo correos electrónicos como un hombre mortal.

No se movió, casi ni respiró, pero él supo que estaba allí casi al instante. Vio que él fruncía el ceño y que dejaba de teclear. Entonces, esa mirada azul se clavó en ella desde el extremo opuesto de la habitación. La última vez que había visto el azul de sus ojos era casi de madrugada y él estaba muy dentro de ella. Sintió una oleada ardiente que le sonrojó las mejillas e hizo que se estremeciera. Él se limitó a torcer los labios, pero a ella le pareció como si el sol resplandeciera después de una tarde lluviosa.

–¿Celebras la Navidad? –preguntó ella para no abalanzarse sobre la mesa–. Supongo que sí, a juzgar por los adornos navideños que hay por toda la casa.

–Los Calloway celebran la Navidad.

Él se dejó caer contra el respaldo de la silla con las manos detrás de la cabeza. Llevaba una camisa de manga larga que parecía normal y corriente y que ella supo, precisamente por eso, que era disparatadamente cara. No podría ceñirse así a sus músculos si no lo fuese.

–Naturalmente, mañana y pasado tienen el día libre. Mi padre y Mattie solían pasar aquí la Navidad. Mi padre decía que era un padecimiento porque ella se ocupaba de la cocina.

Ella no había podido imaginarse que alguien como Mattie Whitaker supiese dónde estaba la cocina, pero eso era lo menos interesante que había dicho. Se apoyó en el marco de la puerta.

–¿Tu padre y Mattie? ¿Tú no?

Esa sombra atroz que ya había visto otras veces le cruzó el rostro. Apoyó las manos en la mesa y se levantó, como si lo que estaba pensando fuese demasiado serio como para seguir sentado.

–No, yo no –la miró detenidamente–. Prefiero pasar por alto la Navidad. Lo he hecho desde que murió mi madre.

–Eras un niño cuando murió tu madre –comentó ella impresionada.

–Sí.

–¿Y nunca viniste para estar con tu padre y tu hermana?

–No.

Zara asintió con la cabeza y se sintió dominada por la compasión hacia ese niño que había sido.

–Entonces, puedes sentirte afortunado. Acabo de declarar la antinavidad.

–No hace falta que declaremos nada –replicó él en un tono áspero que debería haberle parecido como una bofetada, pero que no se lo pareció, quizá, por la lástima que le daba ese niño de trece años que se había perdido tantas cosas–. Podemos seguir fingiendo que no es Navidad, lo cual, me ha dado unos resultados buenísimos durante los últimos veinte años.

–Te alegrarás de saber que he declinado la amable invitación de mi padre para pasar la Navidad en su casa –dijo ella como si él no hubiese hablado–. De nada. He ido muchas veces a esa cena de Navidad y te aseguro que no es tan divertida como parece. Se parece más a la Inquisición. Todo el mundo acaba borracho, llorando o las dos cosas a la vez. Creo que para mi padre es el día del año favorito.

–Sin embargo, estoy seguro de que has ido todos los años –comentó Chase–. Obediente y cumplidora con todas sus consecuencias.

–La cuestión es que me he pasado mucho tiempo en el cuarto de baño de invitados, en la otra punta de la casa, imaginándome cómo sería la antinavidad perfecta.

Él rodeó la mesa con una mirada de depredador que le desbocó el corazón.

–No me interesa si no estás desnuda en mi cama.

Él volvió a tomarla en brazos, pero esa vez no se resistió, sonrió.

–Creo que eso puede arreglarse –murmuró ella antes de que él la besara.

Entonces, dejó de importarle el día que era, solo lo deseaba otra vez, una y otra vez, como si no hubiera nada más en el mundo, solo él, ellos. Hasta que durara.

Chase no soportaba la Navidad. Prefería pasarla trabajando y, durante muchos años, se había convencido de que le gustaba pasarla así. Siempre le había parecido que Inglaterra estaba cerrada desde el quince de diciembre en adelante y que tenía medio mes para él solo. Podía ocultarse del mundo y nadie preguntaba por él, como si todos estuviesen muy ocupados con sus tradiciones y celebrándolas hasta caer medio muertos. Sin embargo, fuera como fuese lo que Zara llamaba a lo que estaban haciendo, a él le gustaba.

Había pasado casi toda la Nochebuena en su cama y a él le había parecido bien. En ese momento, a última hora de la mañana del día de Navidad, Zara estaba en la cocina con unos de sus boxers, con esa cosita de cachemira que había llevado antes y un par de deliciosos calcetines gruesos. La maraña pelirroja le caía sobre los hombros y le recordaba todas las veces que había metido las manos entre ella durante la noche. Además, estaba cocinándole tortitas, como cuando soñaba despierto sobre la vida familiar que siempre había sabido que no se había merecido.

–Tortitas con chocolate porque es el único día del año en el que el azúcar no cuenta –le explicó ella por encima del hombro–. Bueno, es posible que sea el segundo día, depende de lo que te parezca Halloween.

Entonces, mirándola con una taza de café bien fuerte en los labios, pensó que podría enamorarse de ella... Se quedó petrificado, aterrado, porque, naturalmente, ya se había enamorado. Notó que se tambaleaba todo lo que sabía que era cierto sobre sí mismo.

–Evidentemente, la exquisitez máxima del día de Navidad son los rollitos de canela, pero no he podido encontrar los ingredientes necesarios –decía ella sin saber lo que había ocurrido delante de sus ojos, el cataclismo que lo había sacudido. Lo miró y se rio–. ¿Qué...? Todo el mundo tiene su pastel preferido, Chase. No vas a ser menos hombre por reconocerlo.

Él no pudo evitarlo y se rindió. Le dio de comer tortitas calientes y esponjosas y le hizo reírse en una mañana más que en todo un año, que en veinte años. Era como una fuente de alegría y solo quería bañarse en ella... y lo hizo a pesar de lo que se avecinaba, a pesar de que sabía lo que le haría antes de que todo eso acabara. La tumbó sobre la encimera y la besó, todavía sabía a chocolate, dejó de contenerse, de fingir que podía contenerse.

La llevó a la biblioteca y siguieron sobre la alfombra que había delante de la chimenea, en una de las butacas de cuero... La tomó por detrás mientras ella apoyaba las manos en una de las ventanas que daban sobre el río y se deleitó con todo lo que podían hacer juntos sus cuerpos, se deleitó con todo lo que sentía con ella y que no había sentido antes, que nunca se había imaginado que podría sentir. Además, cuando no estaba dentro de ella, cuando ella no estaba gimiendo su nombre, le hablaba. Le habló de sus héroes góticos y de sus doncellas ingenuas. Le habló de sus amigas de la universidad y de las aventuras que vivieron lejos de la implacable observación de los demás. Le contó lo que fue trabajar en el máster en Yale y que había querido redecorar la casita de su abuela cuando fuese suya, pero que no había podido cambiar nada.

Lo hechizó con cada palabra y lo atrapó más con cada historia hasta que tuvo que creer que era un hombre normal, que esa era una historia de amor como todas y que florecería y crecería cuanto más tiempo estuviesen juntos. Creyó que podría evitar hacerle daño, que era el hombre que ella parecía ver cuando lo miraba de esa manera, con ese resplandor en los ojos y esa sonrisa arrebatadora. Quiso ser ese hombre como no recordaba haber querido nada.

Durmió con ella y se despertó con ella y se acostumbró tan deprisa a las dos cosas que casi le dio vértigo. Se acostumbró al olor de su pelo y de su piel, a su leve peso mientras dormía, a su voz ligeramente ronca cuando se despertaba y a su ceño fruncido hasta que se tomaba un café.

Se permitió creer aunque sabía que no podía, hasta que, demasiado pronto, la cruda realidad llegó, hasta que recibió una llamada tajante de su cuñado y nuevo director ejecutivo y el tiempo se acabó. Supo que, si bien nunca olvidaría esos días que había pasado con la mujer que nunca debería haber sido su esposa, también podrían haber acabado con él.

–Hoy nos vamos a Manhattan –gruñó durante el desayuno que tomaban en el salón privado de su dormitorio.

–¿Hoy? –preguntó ella con un asombro lógico.

–Hoy. Lo antes posible. La señora Calloway está haciendo tu equipaje.

Lo dijo como un majadero, pero no pudo evitarlo. No podía renunciar a sus planes y dejarse arrastrar por ella. No se trataba de él, se trataba de la empresa, de la deuda que nunca podría saldar. Se trataba de la venganza. Miró el café con el ceño fruncido, pero solo vio la oscuridad sombría del pasado. Notó que ella lo miraba con curiosidad y reproche a la vez, pero no la miró. Se habría derretido y habría sido ese fracaso que su padre había creído que era hasta que se murió.

–Entonces, será mejor que no nos entretengamos –replicó ella en ese tono que le habría hecho reír la noche anterior.

Sin embargo, podía notar que estaba recuperando su impenetrable coraza, aunque estaba sentado enfrente de ella. Cuando la miró, supo que tenía el rostro inexpresivo y que estaba vacío por dentro. Era mentira, como lo había sido toda esa farsa. ¿Mentira o un deseo? Daba igual, seguía siendo el hombre que era, el monstruo con las manos manchadas de sangre.

–Han sido unas fiestas maravillosas –comentó él con la voz gélida–, pero solo faltan dos días para Nochevieja y hay que hacer algunas cosas –ella lo miró como si tuviese dos cabezas y él se puso un poco impaciente–. ¿Tienes algún inconveniente?

Ella se movió en el asiento. Estaba sentada encima de las piernas, como siempre, y se había puesto una de las camisas de él. La seda le acariciaba esas curvas cautivadoras como le gustaría hacer a él, estaba comestible... y parecía suya. Sin embargo, lo miraba con cautela y tenía los labios apretados. Él supo que eso que no debería haber empezado había terminado. Se alegró, había que pasar página. Entonces, no había motivo para que lo desgarrara como lo hacía.

–Claro que no –contestó ella en ese tono frío y seco que él recordaba de los primeros días–. Creo que me encargaste que buscara un vestido que me sentara bien. Será mejor que nos vayamos, nunca se sabe cuánto puedo tardar.

Ella se levantó y se alejó. Él se dijo que tenía que acostumbrarse porque eso solo era el principio. ¿A quién le importaba si él padecía? Se le daba bien padecer, esa era la parte más fácil.

Capítulo 9

ESPUÉS del retiro en Greenleigh, Manhattan era un bullicio vertiginoso. Ráfagas de viento helado corrían entre los edificios de cemento y la cegaban cada vez que doblaba una esquina. Intentó convencerse de que se sentía rara y alterada por ese cambio de escenario, no por el repentino cambio de actitud de Chase desde que le comunicó que tenían que volver a la ciudad. Sabía que aquello no podía durar, se recordó a sí misma mientras avanzaba por el vestíbulo del hotel Plaza, uno de sus sitios favoritos de toda la Tierra. Allí se alojaba su abuela cuando visitaba la ciudad y ella tenía recuerdos maravillosos de cuando iba a tomar el té o pasaba la noche en una cama supletoria que ponían en el salón de su suite. Solo ella tenía la culpa si había creído que podía durar.

Sus amigas querían que les informara sobre sus sentimientos. La prensa sensacionalista había encontrado su dirección de correo electrónico y la atosigaban para encontrar algún indicio de algo escandaloso que pudiesen aprovechar. Su padre le dejaba mensajes de voz cada vez más furiosos. Ella no había hecho caso y se había pasado los dos últimos días en el despacho que había en la planta inferior de la suite de dos pisos que Chase había reservado para ellos. Había pasado por alto la preciosa decoración francesa y había trabajado incesantemente en su tesis, eso cuando no había estado visitando las tiendas de ropa que podía aceptar, las que su hermana no frecuentaba, para encontrar un vestido que le sentara bien según el criterio de Chase. Podía haber sido una manera muy británica y discreta de decirle que estaba gorda el día de la boda y ella estaba de acuerdo, pero le gustaría que no lo hubiese dicho. Le gustarían muchas cosas. Era como si ese breve paréntesis de alegría navideña no hubiese existido, como si todo fuese una fantasía del patito feo que le había robado el hombre a su hermana, como decían las revistas en ese momento. Hasta que él acudía a ella a altas horas de la noche, claro.

En la oscuridad, Chase estaba atormentado y poseso, y la tomaba como si sus vidas dependieran de ello. Ella casi creía que, efectivamente, podían depender de ello. Las luces de Manhattan iluminaban el dormitorio, pero él siempre estaba en la sombra, se movía encima y dentro de ella como esos sueños cada vez más sombríos que tenía, nunca le mostraba esas partes de sí mismo que había creído que había llegado a conocer bien en esa casa grande y antigua. No hacía falta ser un genio para saber que Chase estaba desmoronándose, y su matrimonio también.

Fue hasta el ascensor, entró y se dijo que tenía que tomárselo con filosofía, que tenía que resignarse a lo inevitable y no entristecerse por ello. Sabía a lo que se arriesgaba cuando introdujo la parte física en ese matrimonio, había sabido que lo que pasara entre ellos siempre sería provisional. No servía de nada llorar por la leche derramada. Daba igual que tuviera un miedo atroz a que hubiese podido enamorarse de él, esa era su versión de una relación esporádica y no le gustaba.

Entró en la espaciosa suite con ventanales que daban a Central Park y que dejaban entrar tanta luz invernal que casi la cegaban. Se quitó al abrigo y las botas, cruzó descalza el despacho que utilizaba mientras Chase estaba en la sede de Whitaker Industries y entró en la sala, que tenía un espejo de marco dorado encima de la chimenea de mármol. Entonces, se quedó clavada en el sitio cuando oyó una risa que llegaba del piso superior, del dormitorio. No podía creerse lo que estaba oyendo, tenía que ser su inseguridad atávica que estaba produciéndole una alucinación auditiva... Sin embargo, unos pasos siguieron a la risa y vio, petrificada por el espanto, que Ariella iba apareciendo. Primero vio sus botas con tacones de aguja y sus piernas largas y delgadas ceñidas por unas mallas oscuras. Luego, las caderas rodeadas por un complicado cinturón metálico que hacía que parecieran más estrechas todavía y su torso, tantas veces fotografiado, que apenas ocultaba debajo de una americana oscura y un pañuelo vaporoso que llevaba alrededor del cuello. Hasta que apareció toda ella en las escaleras que bajaban de la cama donde Chase la había tenido despierta hasta hacía unas horas. El pelo rubio resplandecía a la luz de la tarde y esbozó una sonrisa jactanciosa cuando vio quién la esperaba abajo. Hizo una pausa. A Ariella siempre le habían gustado las entradas teatrales.

–Mírate, Pud –Ariella empleó ese apodo espantoso que le puso un verano por comer muchos púdines–. ¿Qué has estado haciendo todo el día? ¿Has estado cavando zanjas?

Hasta ese momento, ella, naturalmente, había creído que tenía un aspecto fantástico. Se había recogido el pelo con una serie de trenzas y se había hecho un moño que le había parecido bonito e interesante. Llevaba un vestido de lana azul que había creído que le realzaba todas las curvas y había estado impaciente por ver la reacción de Chase, aunque le había parecido un poco penoso, como si estuviese ansiosa. No podía soportar que un comentario insidioso de su hermana le hiciese dudar de lo que había visto esa mañana en el espejo y en la tienda que acababa de abandonar después de haber encontrado el vestido perfecto para Nochevieja. Sin embargo, sonrió porque hacía mucho tiempo que ya no le mostraba esa debilidad a Ariella.

–¿No te has confundido, Ariella? –le peguntó en un tono de preocupación–. Ya sé que las fechas, las horas y las responsabilidades no son tu fuerte, pero deberías haberte presentado en la iglesia de Connecticut hace tres semanas, no hoy en el Plaza.

Ariella terminó de bajar las escaleras, se detuvo y puso los ojos en blanco.

–En realidad, él no es tu marido, Zara. No te engañas tanto a ti misma, ¿verdad? –se rio cuando Zara la miró fijamente–. Aunque quizá sí lo hagas. No sé cómo decírtelo... –Ariella volvió a sonreír con suficiencia y luego puso un gesto lascivo y elocuente– pero me parece que Chase no se considera muy casado.

La niña de doce años que llevaba dentro reaccionó exactamente como Ariella había querido que reaccionara por la insinuación, con un espanto y un fastidio injustificados por algo que ella no paraba de repetirse que había sido «esporádico». Sin embargo, el resto de ella tenía muchos más de doce años y llevaba tanto tiempo peleando con Ariella que no se creía lo que decía.

–A ver si lo adivino –esa Zara suspiró–. No te gusta que las revistas den a entender que puedo robarte un hombre.

–¡Es que no puedes! La mera idea es cómica. ¡Mírate!

Ariella levantó y bajó una mano para abarcarla e hizo que se sintiera baja y gorda. Sin embargo, no hizo caso, ya no estaban en el instituto, independientemente del comportamiento de su hermana.

–Que te sirva de lección, Ariella –replicó ella sin inmutarse–. Si te escapas de tu propia boda concertada, pueden llamar a otra persona para que ocupe tu puesto y las revistas pueden sacar sus conclusiones.

–Te está encantando, ¿verdad? –le preguntó Ariella mirándola con los ojos entrecerrados–. Has esperado toda tu triste vida para recibir esta atención.

Esa vez, fue Zara quien puso los ojos en blanco.

–Claro, me encantan todas y cada una de tus demostraciones del concepto tan bajo que tienes de mí, me parecen emocionantes. Además, siempre he anhelado verme metida hasta el cuello en una de las infames conspiraciones de papá. Todo esto es un sueño hecho realidad.

Ariella apretó los labios, fue hasta el sofá y recogió el largo abrigo negro que había dejado allí.

–Disfrútalo mientras puedas –Ariella miró hacia el techo, como si pudiera ver el dormitorio que había encima, y volvió a sonreír con arrogancia–. Yo sé que lo he disfrutado.

Zara, como si estuviese muy lejos, comprobó que, a pesar de las miles de veces que su hermana la había insultado y humillado a lo largo de los años, esa era la primera vez que creía que podía explotar y darle un puñetazo en la cara. Sin embargo, sabía que era preferible no decir nada, no darle munición ni ese placer, sobre todo, si podía interpretarse como celos por Chase. Se cruzó de brazos y esperó a que su hermana se abotonase lentamente el abrigo y se pusiese los delicados guantes de piel.

–Me ocuparé de decirle a papá que las cosas están en orden por fin –siguió Ariella como si estuviese encantada consigo misma–. Sé que se sentirá aliviado. Además, supongo que te veré en la fiesta de fin de año, si todavía te empeñas en ir.

–Chase quiere que vaya y yo solo soy una esposa cumplidora, Ariella. He adoptado el papel como si estuviese hecho para mí.

Zara comprobó que no le había gustado a Ariella y

eso compensó toda esa escena. Su precioso rostro se crispó con un gesto parecido al asco, o quizá fuese rabia.

–No lo estaba –replicó Ariella en un tono ponzoñoso–. Estaba hecho para mí, como todo lo demás, y tú solo eres la suplente indeseada y poco atractiva. Es una pena, Pud. Sin embargo, no creerías que iba a salir bien, ¿verdad?

Se rio con desprecio y Zara supo lo que ella opinaba de eso. Luego, se dirigió hacia la puerta y sus tacones resonaron en el pasillo. Zara la siguió automáticamente, aunque a cierta distancia para dominar el arrebato de violencia.

–No hace falta que me acompañes a la salida –comentó Ariella mientras abría la puerta y la miraba por encima del hombro–. Tampoco he necesitado a nadie para entrar.

–No seas boba, Ariella –replicó ella con una sonrisa más cortante que las anteriores–. Estoy cerciorándome de que la puerta quede bien cerrada. Estamos en Nueva York y nunca se sabe la basura que puede entrar de la calle.

Su hermana la miró sorprendida, pero se rio con ese aire de superioridad y cerró la puerta. Solo quedó el olor ligeramente cítrico de su perfume. Ella echó el pestillo con las manos temblorosas y le pareció oír unas risas por el pasillo. Apretó los dientes, volvió a la suite y se ordenó no darle más vueltas, no darle a Ariella lo que había ido a buscar, no ceder a ese odio hacia sí misma que la había perseguido durante tantos años. Daba igual lo que Ariella hubiese hecho allí, daba igual lo que hubiese podido pasar, o no, entre Chase y ella porque, aunque tuviese el título por el momento, no era su esposa de verdad. Lo sabía aunque el corazón no lo reconociera. Nunca había sido suyo y no podía perder algo que no había tenido.

Sin embargo, cuando entró en la sala, Chase estaba en la escalera que llevaba al dormitorio, la miraba con una expresión sombría y sus ojos azules eran como una bofetada.

–¿Puede saberse por qué permites que te hable así? –le preguntó Chase con incredulidad cuando no había querido decir eso ni mucho menos.

Zara se quedó rígida, como una reina con ese vestido ceñido que hacía que la anhelara, que le volvía loco incluso en ese momento, cuando albergaba la necia idea de que podía protegerla. Él, quien solo podía hacerle daño y lo sabía muy bien.

–Si hay alguna forma de impedir que Ariella haga exactamente lo que quiere y cuando quiere, yo no la conozco –contestó ella en un tono desenfadado que él no se creyó–. ¿Tú lo haces mejor?

–¿Es una acusación?

Él vio que ella cerraba los puños y que un cansancio muy antiguo le ensombrecía el rostro, algo que hizo que quisiera ser su paladín, que quisiera que su hermana fuese un hombre para poder tratarla como se merecía.

–Es posible que estemos casados –siguió ella en un tono frío y apacible que él no soportó–, pero tendría que ser muy idiota para creer que eso significa algo para ti. No estás obligado a mantener ninguna promesa conmigo. No obstante, preferiría creer que no eres tan estúpido como para acostarte con Ariella cuando es evidente que está empleando una de sus artimañas, incitada por mi padre, sin duda –se encogió de hombros–. Aun así, la libido de los hombres tiene sus propias reglas, ¿no? Al menos, eso dice la historia de la humanidad.

Chase apretó los dientes y terminó de bajar la escalera, aunque no supo si lo hizo para protegerla o para que pagara de alguna manera por el concepto que tenía de él, si bien sabía que eso era lo que debería desear, cuando era lo mínimo que se merecía. Debería permitir que ella pensara que había hecho lo que Ariella quería que pensara que había hecho, eso facilitaría mucho las cosas.

–Naturalmente, no la he tocado –replicó él en vez de eso–. Llegó unos tres minutos antes que tú y le dejé muy claro que no era bien recibida. Lo que no sé es cómo consiguió la llave en recepción.

–¿De verdad? –preguntó ella con aspereza–. ¿No tienes ni idea?

Chase lo pasó por alto porque no podía soportar la desolación de su rostro.

–¿Siempre te habla así? –preguntó él.

Había algo que no podía entender en el brillo acerado de sus ojos y en su forma de apretar los labios. Además, ella no le contestó, entró más en la sala y fue hasta una de las ventanas.

–Entiendo que sí –se contestó a sí mismo con ella de espaldas.

Quería demasiadas cosas que no tenían sentido. Quería liberarla antes de hacerle daño como creía que le haría. Quería abrazarla y no soltarla nunca, defenderla, ayudarla, cambiar todo eso antes de que los engullera a los dos. Quería creer que, por algún motivo, no era demasiado tarde.

–Zara, no quiero...

–Supongo que tu familia es perfecta –le interrumpió ella como si estuviese muy lejos, como si él ya hubiese hecho lo que haría que ella se marchara, su venganza–. Que no hay ni tensiones ni discusiones, que nada ensombrece las relaciones más banales, que todo ha sido años y años de felicidad y armonía. Eres muy afortunado, Chase, pero no todos podemos decir lo mismo.

Él no supo qué fue ese terremoto que lo asoló por

dentro, pero tuvo mucho que ver con el tono desolado de su voz y con un dolor muy profundo donde debería estar su corazón muerto desde hacía veinte años. Al menos, había creído que estaba muerto hasta la llegada de Zara.

—Maté a mi madre.

Chase tampoco supo de dónde salió eso. Por un desconcertante instante, creyó sinceramente que no lo había dicho, que no lo había soltado así, con toda crudeza, en medio de esa delicada y preciosa habitación, que solo estaba dentro de su cabeza, donde tenía que estar encerrado...

Sin embargo, Zara se dio la vuelta lentamente. ¿Qué esperó ver en su cara? ¿Sorpresa? ¿Espanto? ¿Repugnancia? Ella se limitó a mirarlo a los ojos y a esperar. Él no había querido soltarlo y no sabía por qué lo había hecho. Quería dar media vuelta y marcharse, desaparecer entre los brazos gélidos de esa ciudad insensible y no volver nunca a ese sitio, a ese asunto, a esa mujer de ojos dorados que veían demasiado. Sin embargo, se acercó un poco a ella.

—Estábamos de vacaciones en Sudáfrica. Ese día habíamos pensado hacer una excursión toda la familia, pero mi padre tuvo que quedarse por algún asunto de trabajo y nos marchamos los demás —fue diciéndolo como si temiera que las palabras se negaran a salir—. Mattie y yo íbamos en el asiento trasero. Ella era pequeña y no paraba de cantar una canción muy irritante. Fui despiadado con ella porque yo tenía trece años y sabía que lo que más le fastidiaba era que la llamara bebé.

La miró a la cara, pero no vio ninguna reacción, ninguna acusación, solo esperaba como si no pudiese decir nada lo bastante espantoso como para que lo mirara de otra manera. De repente, quiso que ella supiera la verdad, quiso que ella viera exactamente quién era para que dejara de mirarlo así. Como hizo en Greenleigh, como si fuese mucho mejor de lo que era, alguien impoluto, a quien no le habían salpicado las cosas que había hecho. Alguien digno de ella, como había fingido ser durante esos días tan escasos.

–Había un hombre en la carretera –siguió él con la voz ronca–. Incordié a Mattie por esa ridícula canción hasta que me pegó. Mi madre se dio la vuelta, puedo recordarla riéndose, y entonces yo vi a ese hombre al mismo tiempo que el conductor.

Él sacudió la cabeza y Zara se movió, pero para cruzar los brazos de esa manera que había hecho que se la imaginara como la profesora que, según le había contado, quería llegar a ser algún día, en el futuro, cuando ese paréntesis que estaban viviendo solo fuese un recuerdo borroso, cuando estuviese libre de eso y de él. Sin embargo, al menos sabría con quién había estado encadenada ese tiempo tan corto. Le haría ese regalo, eso la ayudaría a olvidarlo antes.

–Se oyó un estruendo, como si hubiese reventado un neumático –él se dio cuenta de que jamás había dicho eso en voz alta, que nunca se había imaginado que querría contárselo a alguien–. El conductor dio un volantazo y no volvió a moverse. Le habían disparado, aunque no lo supe hasta más tarde.

Hasta que el Gran Bart le contó todo lo sucedido y le ordenó que no dijese nada jamás, que fingiese que había sido un accidente por el bien de todos.

–Chase... –susurró ella.

–Cuando el coche se detuvo por fin, habíamos volcado y yo estaba encima de Mattie. Mi madre estaba sangrando, eso fue antes de que la sacaran del coche –vio que ella se llevaba las manos a la boca con los ojos muy abiertos y ensombrecidos de dolor–. Me miró directamente, me vio, estaba aterrada. Entonces, les dijo a los hombres que la arrastraron fuera que habían matado a sus hijos, que estaban muertos. Yo le tapé la boca a Mattie con una mano, le bajé la cabeza para que no pudiera ver nada y me hice el muerto –miró fijamente a Zara y soltó las palabras como si fuesen veneno–. No hice absolutamente nada cuando esos hombres pegaron a mi madre delante de mis ojos y también le dispararon.

La habitación le pareció más opresiva, malsana, como él. Ella no dijo nada y, cuando se apartó las manos de la boca, él solo pudo ver ese brillo cálido en sus ojos, el mismo de siempre, pero más brillante quizá. No podía entenderlo.

–¿Cómo estás aquí? ¿Cómo sobreviviste? –preguntó ella con una voz demasiado serena.

Él tampoco entendió esa pregunta.

–Apareció un camión. El conductor paró y los ahuyentó –contestó él con el ceño fruncido–. ¿Eso es lo único que tienes que decir? No hice nada, estaba allí y no hice nada –él se rio, pero fue un sonido desgarrador.

–¿Qué deberías haber hecho? –preguntó ella como si fuese la pregunta lógica.

–¡Debería haber hecho lo que habría hecho cualquiera! –gritó él con rabia hacia ella–. ¡Debería haberla ayudado!

–¿Cómo?

Ella lo preguntó con tanta naturalidad que a él se le aceleró el corazón, se sentía como si algo enorme y despiadado lo tuviese agarrado y apretara con más fuerza, se sentía suspendido sobre un abismo insondable, pero ella se limitaba a mirarlo con tanta calidez en los ojos que lo desgarraba.

–¿Deberías haber abandonado a tu hermana? ¿Qué habría pasado si se hubiese sentado y hubiese visto lo que pasaba? ¿Qué le habrían hecho esos hombres? –ella lo preguntó con clama y frialdad, pero él se sentía despedazado, paralizado, vuelto del revés–. Quizá hubieses podido salir del coche para que esos hombres te pegaran y te mataran delante de tu madre mientras seguía viva. ¿Habría sido mejor?

–No lo entiendes –casi no reconoció su propia voz ni fue consciente de moverse, pero se encontró al lado de ella, junto a la ventana–. No estuviste allí.

–No, pero estás describiendo...

–La maté como si hubiese disparado yo mismo.

No reconoció su propia voz, solo el desgarro que dejaron las palabras donde había estado la garganta.

–Tu madre quiso salvaros, Chase. Por eso dijo a esos hombres que estabais muertos. ¿De verdad frustrarías su último sacrificio si pudieras?

Si las paredes se hubiesen desmoronado, él no se habría sorprendido. Estaba derrumbándose, estaba reduciéndose a polvo y cenizas y solo sabía con certeza que ella estaba en el centro de todo. Le rodeó los hombros con los brazos y la abrazó. Estaba completamente destrozado.

–Ni se te ocurra, ni te atrevas a perdonarme –le ordenó el monstruo que era.

Ella arrugó el precioso rostro y fue como una patada en el costado, pero luego sonrió y fue como una patada en la cabeza.

–¿Por qué no puedes perdonarte a ti mismo? –le preguntó ella.

Le tomó la cara entre las manos como si, después de todo, solo fuese un hombre. Un hombre solitario que no se merecía toda la luz de su mirada.

–Chase, tienes que saber que no pudiste salvarla –siguió ella–. Tenías trece años. Estabas solo y alguien tenía que ocuparse de tu hermana.

Él se sintió partido por la mitad. Sacudió la cabeza con la respiración entrecortada, como si estuviese corriendo por las calles de Manhattan, como si estuviese ahuyentando a puñetazos a los fantasmas que lo habían perseguido durante veinte años.

–Da igual lo mucho que te empeñes, lo mucho que te castigues y lo mucho que te aísles del mundo –él se quedó atónito al ver las lágrimas que estaba derramando por él–. No puedes cambiar las cosas, no eres el malo, Chase, también fuiste una víctima.

Él encauzó toda la oscuridad, todas las tormentas devastadoras, hacia esa calidez peligrosa que siempre se adueñaba de él cuando ella estaba cerca. No pudo contestar porque no supo cómo y la besó. Lo vertió todo. La angustia, el dolor, los años y años odiándose a sí mismo, la separación de su familia, todas las cosas que había formado el monstruo que llevaba dentro, todas las formas de pagarlo que se había impuesto a sí mismo. Vertió todo eso y ella lo recibió. Lo recibió y se deleitó con ello. Lo ayudó cuando él fue a quitarle el vestido de su cuerpo perfecto. Cuando la levantó y llevó hasta que estuvo apoyada contra la pared, ella le rodeó la cintura con las piernas y lo introdujo dentro como si dominara cualquier idioma que él quisiera hablar con ella. Él apoyó una mano en la pared, la sujetó con la otra en el trasero y los arrastró desenfrenadamente, entre gritos, hasta el olvido. No fue suficiente, nada sería suficiente jamás, le susurró algo que le pareció la verdad, el destino.

Era como un hombre poseído. La llevó al dormitorio y le lamió cada rincón de esa piel sonrojada como si así pudiera sacar a la luz cualquier secreto que pudiera quedar entre ellos, como si así pudiera aliviarlos a los dos. Quizá pudiera... La prodigó con todo el amor, el deseo y la esperanza que había acarreado durante demasiado tiempo en un rincón tan oscuro que no se había dado cuenta de que estaba allí.

–No eres culpable –repitió ella una y otra vez hasta que fue poesía.

Él no pudo decir que lo creyera, pero la oyó y cuanto más lo repetía, más cedía la oscuridad que había en él ante esa luz deslumbrante, ante ella.

En algún momento, pidió comida al servicio de habitaciones y le dio de comer como si fuese la reina que tantas veces se había imaginado que era. La llevó a la enorme bañera, se metieron los dos y dijo cosas que sabía que lamentaría más tarde, pero que no podía retener dentro, como si ella hubiese abierto algo en él que no volvería a cerrar completamente.

–Te amo –le dijo mientras las lágrimas de ella se mezclaban con el agua como si fuese un bautismo que él no se merecía–. También lamentarás eso, hazme caso, Zara. Desearás no haberme conocido y maldecirás el día que intentaste curarme. Lo único que les pasa a las personas que amo es...

–Chase –le interrumpió ella besándolo–. Cállate.

Él se dejó arrastrar por ella, se encontró en ella.

A la mañana siguiente, cuando se despertó, ella estaba sobre él como si la hubiesen hecho exactamente a su medida. Le apartó el pelo de la cara y estuvo a punto de sonreír cuando ella arrugó la nariz sin abrir los ojos. Nunca había sentido nada parecido, una oleada de algo tan intenso que no tenía nombre. Que él pudiese recordar, nunca se había sentido así, tan a gusto.

Era Nochevieja. Se había terminado el tiempo. La perdería para siempre antes de que dieran las doce campanadas, independientemente de lo que pasara con la empresa.

Capítulo 10

S I ME acompaña... El señor Whitaker ha reunido al Consejo de Administración para decirles un par de cosas antes de las campanadas.

El educado joven, que ella sabía que era el ayudante de Chase, le indicó que lo siguiera entre los elegantes invitados que llenaban el salón de baile de Whitaker Industries.

–Yo no estoy en el Consejo –comentó ella, aunque ese hombre ya lo sabría.

Sin embargo, no pudo evitarlo, como no pudo evitar el escalofrío que sintió. Agarró la copa de vino con tanta fuerza que creyó que podría romperla y que organizaría un estropicio. A Ariella, cuya malevolencia casi podía captar en el aire, le encantaría.

–Se ha exigido expresamente su presencia –replicó el sonriente joven.

Quiso salir corriendo. Quería abandonar esa fiesta rutilante abarrotada de sonrisas falsas y de susurros a sus espaldas y seguir corriendo hasta que todo el mundo se olvidara, otra vez, de que Ariella Elliott tenía una hermana menor y de que, además, Chase Whitaker se había casado con ella. Le disuadieron las sandalias de tacón de aguja que se había puesto. Estaban hechas para que se luciera como una mujer segura de sí misma, no para que huyera de lo inevitable. Probablemente, se tropezaría y se caería antes de salir de allí y la humillación la mataría. Tenía que serenarse.

–Naturalmente –le dijo al ayudante de Chase con una sonrisa–. Indíqueme el camino.

Se levantó la falda larga y vaporosa del vestido y lo siguió. Él la sacó del salón de baile y la llevó por uno de los pasillos con paneles de madera y remates dorados que proclamaban sin lugar a dudas la prosperidad de Whitaker. Era más silencioso, estaba lejos de la música y del gentío, y ella supo con certeza que estaba dirigiéndose hacia su ejecución, lo cual, curiosamente, le recordó el día, hacía casi un mes, en el que avanzó por el pasillo de la iglesia de su ciudad. Esa vez, al menos, el vestido le sentaba bien, se dijo a sí misma mientras se lo alisaba con una mano.

Había sido un día muy largo, elástico e interminable. Chase se había marchado antes de que ella se despertara, más tarde de lo que solía despertarse, después de una noche muy tórrida. Le había dejado instrucciones para que se reuniera con él en su oficina a última hora de la tarde y lo único que podía hacer era quedarse en la suite del hotel... dándole vueltas a todo. A primera hora de la tarde, cuando le llevaron el vestido, estaba en un estado que no podía aliviar ni el baño más largo que pudiera imaginarse. Sin embargo, a pesar de la certeza de que algo espantoso estaba a punto de suceder, estaba sucediendo, la noche había acabado cayendo y se había encontrado entrando en el enorme despacho del consejero delegado de Whitaker Industries, y toda esa espera le pareció como si solo hubiese sido un instante. Lo vio y pensó que era muy hermoso, se había quedado impresionada como si fuese la primera vez que lo veía. Los hombres como él eran el motivo por el que se había inventado el esmoquin, resaltaba su cuerpo delgado y atlético, estaba comestible. Tenía el pelo moreno un poco largo, los ojos azul oscuro eran como el mar en invierno y había sabido lo que se sentía cuando él había susurrado una y otra vez que la amaba, hasta que lo sintió tatuado en la piel. Se había sentido marcada y completamente suya, aunque, en el fondo, había sabido que no era así.

–¿Te he dicho lo hermosa que eres? –le había preguntado Chase con un gesto serio en los labios, aunque con un ligero brillo en los ojos–. Sobre todo, esta noche. Sobre todo, con ese vestido.

–Bueno, me sienta bien –había replicado ella.

Le sentaba mejor que bien. Era una maravilla y ella lo había sabido desde que lo encontró. Era de color vino con unas tiras rojas a los costados y la vaporosa tela que caía hasta el suelo permitía que se vislumbraran las piernas. Tenía un escote en pico que le llegaba casi hasta el ombligo, donde se recogía con un cinturón que le daba cierto aire griego. Esa era la verdadera belleza del vestido; cuando se lo ponía, aunque se lo hubiese probado en un probador diminuto de una tienda de Madison Avenue, se sentía como se sentía cuando Chase la miraba. Era un milagro en rojo, hacía que se sintiera ella misma. Él la había mirado durante un rato largo y arrebatador, como si no tuviese nada más que hacer en su vida.

–Sí, te sienta bien –había reconocido él en un tono que la había derretido por dentro.

No había habido tiempo para el anhelo que había visto en los ojos de él ni para el deseo abrasador que había hecho que temblara cuando él le tomó la mano. Él le había ofrecido el brazo y caminó con ella como aquella fría mañana en Connecticut, pero esa vez no estaba ni bebido ni furioso. Si se hubiese permitido pensarlo, ella habría dicho que parecía... tan roto como decidido, a pesar del terreno que ella, neciamente, había creído que habían recorrido la noche anterior. Le había repetido una y otra vez que la amaba, como le había dicho que era hermosa, y ella había estado casi tentada de creérselo. Sin embargo, tampoco había habido tiempo para eso. Había tenido que conocer a clientes y empleados de Whitaker Industries como esposa de Chase, no como la problemática hija de Amos Elliott. Recelo que fingía no ver en las miradas, susurros que fingía no oír... Hasta Mattie, la intimidantemente hermosa hermana de Chase que no parecía infelizmente casada con el hombre de aspecto bárbaro que tenía al lado y que la agarraba de la cintura de una forma posesiva y protectora...

–No puedo creerme que Chase no nos invitara a vuestra boda –había dicho Mattie con una sonrisa cortés que ella no se había creído–. Aunque, claro, los detalles de protocolo de las bodas no son el fuerte de mi hermano, como ya habrás comprobado.

–Una característica de la familia Whitaker –había intervenido el impresionante Nicodemus Stathis evitando que Mattie pasara a algo mucho más íntimo.

En realidad, la había salvado a ella de tener que replicar. Chase se había disculpado y se acercaron a otro grupo de personas que tenían que saludar y felicitar.

–Ella no sabe lo que pasó ese día –le había susurrado él mientras se alejaban–. Mi padre quiso que ella pensara que había sido un accidente.

–Algún día, tendrás que contarle la verdad –había dicho ella en voz baja.

–No sé por qué –había replicado él mirándola con el ceño fruncido.

–Porque también es su historia. Tú no deberías cargar solo con ese peso y ella no debería quedar en la ignorancia. No es justo para ninguno de los dos.

–Puedo sobrellevarlo –había asegurado él.

–Chase –ella frunció el ceño, pero se acordó de dónde estaba y recuperó una expresión neutra–, tienes una hermana que estoy segura de que te querría si se lo permitieras. No todo el mundo puede decir lo mismo, yo no puedo.

Chase se había quedado sorprendido y luego su expresión había sido más sombría, pero no había tenido tiempo de responder como le habría gustado porque estaban los invitados, las relaciones de trabajo, que también eran las de ella.

–Es por aquí –le anunció el ayudante de Chase abriendo una puerta con una mano y alargando la otra para que le entregara la copa de vino, lo que ella hizo más despacio de lo que lo debería haber hecho–. ¿Ve ese arco? La sala del Consejo está justo detrás.

Ella le dio las gracias en un murmullo y avanzó sintiendo ese pánico gélido otra vez porque sabía lo que iba a pasar dentro, ¿o no? Quizá no supiera las circunstancias concretas, pero sí había sabido desde que esa mañana se había despertado sola que todo eso era una despedida larga, dolorosa y apasionada. Hacía mucho tiempo habían hablado de munición, campos de tiro, guerra. Qué necia había sido al pensar que todo lo que había pasado después lo convertía en papel mojado, qué espantosa e inexcusablemente necia.

Por eso, cuando entró en la magnífica sala de acero y cristal, no le sorprendió ver que su padre y su hermana charlaban tranquilamente en un extremo de la larga mesa. Se quedaron en silencio al verla y la miraron con el ceño fruncido. Ella pensó que era... maravilloso y esbozó una sonrisa forzada aunque le dolía, sobre todo, porque le dolía. Reconoció a casi todos los hombres que había alrededor de la mesa, empresarios despiadados como su padre por mucho que le sonrieran con alegría. Eso no impidió que ella también les sonriera como si estuviese en su ambiente.

Chase y Nicodemus estaban de pie en el otro extremo de la mesa.

–Excelente –comentó Chase–. Ya podemos empezar.

–Siéntate, Zara –le bramó su padre.

Sin embargo, todo parecía demasiado peligroso, raro y amenazante, y ella sacudió la cabeza, se cruzó de brazos y se apoyó con despreocupación en el arco.

–Estoy bien aquí –replicó ella.

–Hablemos de ti, Amos –propuso Chase con una voz que ella no le había oído jamás. Su mirada la rozó como una llamarada azul antes de clavarse en su padre–. Había pensado que esto fuese el eje de mi discurso de esta noche ante nuestros invitados y la prensa, pero, por deferencia a tu hija, he decidido que fuese algo más privado.

–¿Puede saberse de qué estás hablando? –gruñó Amos en ese tono que todavía le ponía los pelos de punta a ella.

–Estoy hablando de administración desleal –contestó Chase con precisión y sin disimular su satisfacción–. Incluso, podría presentarse una acusación de delito contra la moral. Voy a pedir el voto para que se te destituya como presidente del Consejo, Amos.

–Esto es penoso –replicó Amos con jactancia mientras los demás miembros del Consejo empezaban a murmurar entre ellos–. ¿Crees que este ataque infantil va a conseguir algo aparte de demostrarnos lo poco apto que eres para el cargo? Tu padre tiene que estar revolviéndose en su tumba.

Nicodemus, que estaba al lado de Chase, se metió las manos en los bolsillos y a ella le pareció un guardaespaldas furioso que no apartaba la mirada de su padre.

–Son unas acusaciones graves, Chase –intervino Nicodemus elevando la voz por encima de los murmullos–. Doy por supuesto que no las haces a la ligera.

Amos empezó a decir algo, pero la voz de Chase lo

acalló, era esa voz fría y precisa que era imposible no atender.

–Desde luego que no.

Entonces, se dio la vuelta y ella tardó un rato vertiginoso en darse cuenta de que estaba mirándola, como todo el mundo.

–Zara, ¿por qué te casaste conmigo? –le preguntó él con tranquilidad.

Ella no pudo contestar. Había demasiadas cosas que la desgarraban por dentro. Pensó en la munición. Siempre había estado dirigida directamente hacia allí. Por fin lo entendió.

–Di la verdad, Zara –le aconsejó su padre en su tono desagradable de siempre.

Ella se estremeció, pero no podía dejar de mirar a Chase. Chase, quien había dicho que era hermosa. Chase, a quien no había creído. Hasta ese momento no se había dado cuenta de cuánto había deseado que todo eso fuese real, o cuánto había amado a ese hombre a quien, como sabía en ese momento, no podría tener jamás porque él siempre iba a haberla traicionado así. Era imposible que su plan no hubiese sido ese desde el principio. Todo había girado alrededor de su padre y la empresa, no de ella. Efectivamente, todo eso había sido un campo de tiro.

Su padre se agitó en la silla y consiguió transmitir su agresividad por toda la habitación. Chase solo volvió a mirarla con esos indescifrables ojos azules. Se sintió congelada, como si, en el caso de que pudiera parar el tiempo en ese momento, todo lo que había deseado creer antes de entrar en esa habitación todavía pudiera ser verdad.

–Acaba de una vez con el suspense, Pud –dijo su hermana en un tono hiriente, burlón y fatuo.

Algo cambió dentro de ella y sintió como si todo lo que se había congelado en su interior recuperara la vida, como si le hubieran dado a un interruptor. Entonces, pensó que lo sentía por su abuela, pero que lo había intentado.

–Me casé contigo porque me obligó mi padre –le sorprendió lo fuerte y natural que había sonado, como si ella fuese así. Levantó la barbilla y siguió sin hacer caso de nada, menos de ese azul arrebatador que la miraba–. Exigió que te casaras con su hija para controlarte, y, por extensión, a esta empresa.

–¿Y si no me casaba? –preguntó Chase con delicadeza.

–Te destituiría como consejero delegado y presidente –ella sonrió levemente ante el mugido de furia de su padre–. Dejó muy claras las consecuencias. Creo que dijo que te aplastaría en cualquier caso.

–Así me ayudas, Zara... –gruñó Amos.

–Debo decir que, naturalmente, no fui su primera elección. Quería que te casaras con Ariella. Ella es mucho mejor conspiradora. La verdad es que a mí solo se me dan bien los libros.

–¡Eso solo son mentiras! –exclamó Amos levantándose de un salto–. Los dos lo han tramado, es una maniobra para expulsarme...

–Ya estás expulsado en cualquier caso, anciano –le interrumpió Nicodemus–. En estos momentos, Chase y yo controlamos el setenta por ciento de esta empresa, ¿cómo crees que va a acabar esto para ti independientemente de lo que pase esta noche?

–Además, ¿por qué iba a decir una mentira que dé una imagen tan lamentable de mí? –intervino Zara mirando a su padre con el ceño fruncido. Gracias a Chase, ya no era la misma mujer–. Siempre me has tratado con desprecio, pero, aun así, me casé con un perfecto desconocido porque tú me ordenaste que lo hiciera, porque tenía la ilusión de que podría demostrar que era una buena

hija cuando la verdad es que nunca podré hacer nada que
te complazca. Subí forzada al altar y he pasado un mes
casada con un hombre que prometiste a mi hermana,
pero lo entiendo, papá, por fin lo entiendo –volvió a mirar a Chase. Pensó que sería la última vez. Aunque la
desgarrara, sobreviviría a eso también–. Créeme, lo entiendo.

Entonces, se dio la vuelta con toda la dignidad que
pudo, mantuvo la cabeza alta y se marchó, aunque dejara el corazón hecho pedazos en el suelo de la sala del
Consejo.

Chase la alcanzó mientras ella cruzaba el salón de
baile para llegar a los ascensores. Había dejado la tri-
fulca para Nicodemus porque sabía que su cuñado era
más que capaz de lidiar con la situación. Todo habría
acabado antes de medianoche. Él sería presidente del
Consejo y consejero delegado y Nicodemus sería director ejecutivo. Juntos impulsarían a Whitaker Industries
a la fase siguiente, como habría querido el Gran Bart.
A él le daba igual, le dolía el corazón y se sentía vacío,
pero eso no cambió cuando la agarró del brazo y le dio
la vuelta para que lo mirara. Zara tenía los ojos tan sombríos y oscuros que creyó que podían partirlo por la mitad.

–¿Qué más se puede decir? –preguntó ella en un
tono tan áspero y frío como su mirada, como si no fuese
Zara–. ¿Vas a negarme tres veces antes de que den las
campanadas? Qué bíblico. Es posible que deba insensi-
bilizarme mientras estamos en ello, para un sentimiento
verdaderamente prehistórico...

–Basta –gruñó él.

Había demasiada gente que los miraba con curiosidad y él sabía que no lo acompañaría si intentaba llevar

esa conversación a un sitio más privado. Hizo lo mejor que se le ocurrió. La tomó en brazos y la llevó a la pista de baile. Ella estaba rígida y furiosa, pero no la soltó.

–Déjame que te lo explique –le pidió él con angustia–. Por favor.

–No hace falta –ella lo miró fijamente–. Lo entendí todo muy bien.

–Zara...

–Deberías habérmelo dicho –le interrumpió ella–. No había ningún motivo posible para que tuvieras que decirme todo eso.

Sin embargo, eso también había sido intencionado, claro, porque ella no era su hermana, porque todo lo que sentía se reflejaba en su rostro sonrojado, la sorpresa, la humillación cuando le hizo la pregunta que desvelaba la verdad antes de que ella dijera nada. Porque ella no era el tipo de mujer que empleaba las artimañas que utilizaban todos los que estaban en la habitación.

–Entiendo –siguió ella cuando él no dijo nada.

Chase la agarró con más fuerza de la cintura y se olvidó de dónde estaban. Se olvidó de todo menos de Zara, de la hermosa y noble Zara, a quien había destrozado como lo destrozaba todo, como le había dicho que haría.

–Te amo –dijo él porque no había nada más que decir–. Te avisé de que pasaría esto. Destrozo todo lo que toco, Zara, eso es lo que hago siempre.

–Los dos vivimos en el pasado –replicó ella en voz baja y seria–. Es lo único que vemos. Tú a tu madre y yo a mi padre. Las cosas espantosas que me decía mi hermana cuando era adolescente. Mi abuela, que ya ha muerto. Todo es oscuridad, es corrosivo y cegador. Es una ciénaga putrefacta.

La gente vitoreaba alrededor de ellos y él se dio cuenta de que habían dejado de moverse.

–Se acabó –comentó él–. Esta noche empieza el futuro.

–No se acaba nunca –susurró ella–. Siempre sigue, se alimenta a sí mismo y consume todo lo que encuentra a su paso. Lo sabes tan bien como yo y lo has aprovechado en esa sala...

–Esa parte se ha acabado –le aseguró él–. Ahora solo estamos tú y yo, y nosotros...

–No hay un «nosotros» –le interrumpió Zara con mucha claridad a pesar del griterío y de las lágrimas que él vio en sus ojos, que le oprimieron el pecho como si fueran unas tenazas–. Me gusta que el miedo gótico se quede en los libros. Quiero poder confiar en las personas que están en mi vida sin preocuparme por lo que puedan estar tramando. Quiero poder amar al hombre que dice que me ama sin preocuparme por sus segundas intenciones. Quiero algo que no sea este embrollo.

–Zara...

–Quiero algo que no sea un hombre que me vendería, Chase –le interrumpió ella otra vez mientras derramaba la primera lágrima–. Independientemente de por qué lo hiciera.

Entonces, la banda empezó a tocar. El año nuevo había comenzado y él solo era un espectro, como los que lo habían perseguido todo ese tiempo. Zara lo había devuelto a la vida y también había acabado con eso.

–No te vayas, por favor. No te vayas así.

Ella sacudió la cabeza con los labios apretados. Entonces, se separó y él tuvo que soltarla. No podía hacer nada porque todo eso era obra suya. Cayeron globos y banderolas del techo, la gente se besaba y cantaba y él seguía allí mucho tiempo después de que la multitud se la hubiese tragado, de que ella hubiese desaparecido en medio de la noche. Se quedó mucho tiempo después de que ella lo hubiese abandonado y de que los cánticos hubiesen subido de volumen impulsados por al alcohol. Se quedó como si así, quedándose el tiempo suficiente, ella fuera a volver. Sin embargo, sabía que la verdad era otra.

Zara vio los faros por las ventanas de la casita. Dejó el libro de Jane Austen que estaba leyendo en una mullida butaca delante de la chimenea y frunció el ceño preguntándose si alguien se habría confundido de camino y se había metido en su terreno en vez de ir a la playa, algo que solía ocurrir en verano, pero no en una noche de enero. Oyó que cerraban la puerta del coche y entonces, unos segundos después, unos pasos en el porche. Ella se quedó donde estaba, cubierta por un chal, y miró la puerta. Si no hacía ni un ruido, quizá...

–Sé que estás ahí, Zara –dijo Chase en voz tan alta que ella captó su impaciencia–. Si no, tendré que llamar a los bomberos porque parece que tu chimenea está ardiendo.

Ella se encontró de pie cuando no había querido moverse. No lo entendió, como tampoco entendió que ya tuviese la mano en el picaporte. Se quedó así. Habían pasado cuatro días desde la última vez que lo vio, desde que lo dejó en la pista de baile, aunque todavía no sabía cómo había podido andar siquiera cuando estaba destrozada por lo que había pasado en la sala del Consejo. Además, la verdad era que seguía siendo una necia en todo lo referente a él. Lo sabía, notaba que su cuerpo se preparaba para él como si no hubiese pasado nada. Hasta su ridículo corazón latía con más fuerza, como si él no se lo hubiese roto tan intencionada y despiadadamente.

–Zara –repitió él con la voz sombría y muy cercana–. Puedo decir que lo siento desde el otro lado de la puerta, pero no es lo mismo, ¿verdad?

Ella no quería abrir la maldita puerta, pero la abrió y lo encontró justo delante de ella. La luz del porche lo iluminaba con tonos blancos y dorados, pero eso no mitigó el efecto de esos ojos que se clavaron en ella y le despertaron el anhelo al instante. Parecía cansado, pero se detestó a sí misma por fijarse. Cansado y vacío, pero era Chase Whitaker y era increíblemente hermoso hasta en su peor momento. Esa canción aterradora que era él, solo él, se abrió paso dentro de ella.

–La puerta está abierta –dijo ella lo más tranquilamente que pudo–. Discúlpate y lárgate.

Él torció levemente los maravillosos labios y esos arrebatadores ojos azules dejaron escapar un destello de tristeza que a ella también le habría gustado sentir.

–¿Ahora es cuando tengo que arrastrarme, Zara? ¿Es eso lo que tendré que hacer?

–Depende de si crees que tienes algún motivo para arrastrarte o no –ella se apoyó en el marco de la puerta como si no le importara el viento gélido que soplaba–. Eso es algo entre tú y lo que tengas en la conciencia.

–Me lo merezco –reconoció él con la mirada más sombría.

Eso era peor que lo que ella había estado haciendo durante los últimos días, que había sido intentar encontrar los mejores mecanismos para vivir con un corazón roto y el fantasma de ese hombre, al que parecía llevar con ella allá donde fuera. Era mucho peor.

–Ya te dije que no quiero hacer esto –siguió ella–. No voy a volver a mirar al pasado.

Lo decía en serio. Les había dicho lo mismo a su padre y a Ariella cuando la siguieron hasta allí el día de Año Nuevo, después de que ella no hubiese contestado a los treinta y cinco mil mensajes escritos y de voz que le habían dejado, insultantes todos ellos, claro. También les había abierto la puerta y había dejado que irrumpieran dentro. Ariella se había dejado caer en el sofá mientras su padre se desahogaba. Ella se había quedado de pie, delante de la chimenea, y se había limitado a observarlos mientras se preguntaba cómo había podido engañarse para llegar a creer que se podía salvar algo, o por qué había intentado con tantas fuerzas salvarlo. Su abuela había sido el único motivo para que lo intentara, pero ya se había acabado. Sonrió cuando su padre terminó y, se imaginaba, no había sido una sonrisa muy afable.

–Muy bien –había dicho sin alterarse–. Te he oído. Ahora, por favor, marchaos.

Los dos la habían mirado fijamente.

–Creo que no entiendes la gravedad de la situación –había murmurado Amos entre dientes–. Dejé diez años de mi vida en Whitaker Industries y tú se la has dado al enemigo...

–Eres tú quien no lo entiende –le había interrumpido ella, algo que no había hecho jamás–. El único motivo para que estés aquí es que crees que puedo hacer algo por ti. El único motivo para que Ariella esté aquí es que se nutre de la crueldad. Ninguno de esos motivos tiene nada que ver conmigo.

–Se trata de la familia –le había espetado Amos.

–¿De qué familia? Me encantaría tener una familia. Mi deseo de tenerla es lo que ha propiciado todo esto. Mi lealtad hacia la abuela, a quien tú odiabas y Ariella desdeñaba. Sin embargo, está muerta y yo no debería haber tenido que hacer nada para ser digna de un amor que no das.

Ella había sabido que estaba haciendo lo que tenía que hacer, aunque fuese tarde, porque no sentía nada, ni rencor ni victoria. Solo sentía un vacío y la plena convicción de que todo eso tenía que terminar.

–Qué melodramático –había murmurado Ariella–. Es por lo que pasó en el Plaza, ¿verdad?

–Te adoraba como a una heroína, Ariella, pero ahora ni siquiera sé quién eres.

Ariella había puesto los ojos en blanco y ella había pensado que la falta de una réplica hiriente había podido significar que había tocado una fibra sensible, pero eso también le daba igual.

–Escúchame, Zara –había bramado Amos.

–No –lo atajó ella con una falta de miedo que hizo que Amos se callara–. Escúchame tú para variar. Esto se ha acabado. Si quieres recuperar tu puesto en Whitaker Industries, puedes buscar la manera que quieras, pero yo no tengo ningún interés.

–¿Prefieres a un hombre que te arrojará a los lobos antes que a tu familia? –le había preguntado él como si no pudiese creérselo.

–¿Dónde crees que he aprendido a sobrevivir entre los lobos, papá? –había preguntado ella con frialdad–. Lo que hizo Chase me parece un baño relajante en comparación.

–Te arrepentirás –la había amenazado él.

–No –había replicado ella mientras ellos recogían los abrigos e iban hacia la puerta–. No me arrepentiré, pero, si alguno de los dos os arrepentís alguna vez, ya sabéis dónde encontrarme.

El portazo había sonado concluyente, pero también le había sonado a libertad y ella había decidido que agradecía las dos cosas.

En ese momento, estaba ante otro lobo, con ese no podía fingir que estaba vacía y no sentía nada, pero tampoco quería dejarlo entrar.

–Es posible que no quieras hacer esto –replicó Chase mirándola fijamente–, pero estoy enamorado de ti.

Ella quiso cerrarle la puerta en las narices, pero no lo hizo. Se dio media vuelta y fue hasta la chimenea. Oyó que él entraba y cerraba la puerta.

–Supe que no podía evitar casarme con tu hermana
–siguió él–. Tu padre lo ideó muy bien. Yo era vulnerable. El trato con Nicodemus iba a salir adelante, pero
eso solo significaba que la empresa sería más fuerte.
Amos todavía podría despedirme de la empresa de mi
familia y era lo único que me quedaba. Era todo lo que
Mattie y yo teníamos de mi padre. Era lo que más
amaba él, aparte de mi madre.

Ella no quería derretirse, no quería sentir nada, no
quería imaginarse lo valiente que tuvo que ser aquel
niño de trece años aterrado para intentar salvar a su hermana en aquella cuneta mientras no podía salvar a su
madre.

–Además, creía que había matado a mi madre –añadió él con calma–. Lo sabía. Nunca pensé que podía haber otra manera de ver lo que sucedió. Todavía no estoy
seguro de que la haya, pero tengo la duda gracias a ti.
Existe la posibilidad de que no sea el asesino que siempre he sabido que era, pero hace un mes no existía la
posibilidad más remota e iba a casarme con Ariella.

Zara se cruzó de brazos y se dio la vuelta. Tuvo que
tragar saliva. Él seguía con el chaquetón puesto y tenía
el pelo mojado. Iba todo de negro, salvo por esos ojos
azules. Nunca los había visto tan claros, sin espectros,
sin mares solitarios. Eran azul oscuro y profundos y la
miraban como si no quisieran volver a mirar nada más.
Tuvo que morderse los labios para no ir hasta él.

–Conocía antes a tu hermana, había leído sobre ella,
claro –él esbozó algo parecido a una sonrisa–. He conocido a miles de mujeres iguales y sabía en lo que estaba metiéndome con ella. Eso facilitaba que trazara el
plan perfecto, pero apareciste tú. Estabas ridícula con
aquel vestido, pero, aun así, eras tú, Zara, y ni ese vestido ni la boda ni tu padre te rebajaban, como si toda
esta suciedad no te salpicara, estabas por encima

–Eso es una historia absurda –replicó ella sin pensarlo–. Estabas borracho.

–Entonces, te levantaste en la bañera y me devolviste a la vida, Zara –siguió él como si ella no hubiese dicho nada–. Sin embargo, ya había trazado un plan y no se me había ocurrido introducir los sentimientos, creía que no podía tenerlos y, desde luego, tu hermana no puede. ¿Cómo iba a haber contado contigo? –volvió a apretar los labios cuando ella lo miró dolida–. No puedo imaginarme que nadie que pase un rato contigo no se enamore de ti. Yo no pude, me enamoré.

–Esto no es amor, Chase –insistió ella a pesar de que tenía el corazón desbocado–, es remordimiento.

–Solo he sentido remordimiento durante veinte años, conozco la diferencia.

–Es demasiado tarde –ella sacudió la cabeza–. Te di todo lo que tenía y tú lo malgastaste utilizándome como un peón en tu batalla con mi padre.

–Lamento haberte utilizado –él la miró a los ojos–, pero no me diste todo, Zara. Solo me dijiste que podrías haberte enamorado de mí, que te gustaría haberlo hecho, cuando estabas dejándome.

–¿Era el momento de declararte mi amor? Acababas de demostrarme otra vez que todo el mundo finge tener interés por mí solo cuando me necesitan para conseguir lo que quieren.

–Estás dándome la razón.

–No –ella no se dio cuenta de que se había acercado hasta que él la agarró de los hombros, y ya era demasiado tarde–. Pasé veintiséis años intentando arreglar las cosas con mi padre. No voy a perder ni un segundo más jugando a lo mismo con un hombre que es como él.

–Zara, yo no soy tu maldito padre.

–¡Dime la diferencia! –ella le golpeó el pecho con los puños–. ¡Dime cómo debería diferenciarte! Los dos me utilizáis, me decís las mentiras que haga falta para que haga lo que queréis, nunca pensáis en lo que yo puedo necesitar.

–La diferencia es que yo estoy aquí –contestó él pasándole los pulgares por debajo de los ojos para secarle las lágrimas que ella no sabía que había derramado–. La diferencia es que yo no voy a irme a ningún lado, no puedo vivir sin ti, Zara. No quiero intentarlo. La casa es demasiado grande, la cama me mantiene despierto y me duele. Lo haré como sea. Vuelve conmigo, déjame demostrarte que, independientemente de lo que pasara el último mes, independientemente de lo que pasara en esa maldita fiesta, este matrimonio es lo único bueno que ha salido de todo ello.

Ella se apartó aunque parecía como si no pudiera moverse, como si sus huesos se hubiesen derretido.

–No estás hecho para alguien como yo –él nunca sabría cuánto le había costado a ella reconocerlo–. Lo sé. Si tú no lo sabes ahora, lo sabrás. Estoy segura de que esa prensa sensacionalista que adora a mi hermana y a la tuya te ayudará.

Chase la miró detenidamente durante un momento que le pareció interminable.

–De eso estoy hablando –murmuró él–. ¿A quién le importa un rábano lo que diga esa prensa? Es un vodevil, esto es la vida y has pasado demasiado tiempo oyendo comentarios maliciosos de personas que son como tu hermana.

–Aun así, en definitiva, tú fuiste quien me utilizaste –replicó ella sin alterarse.

–Como tú me utilizaste a mí, Zara, para solucionar tus problemas pendientes con tu padre. La única diferencia es que lo que yo hice salió bien.

Ella lo miró con el ceño fruncido y él suspiró.

–Tengo una idea. Decidamos que el resto de este

matrimonio es nuestro, que empieza ahora sin influencia de nadie –él clavó sus maravillosos ojos en los de ella–. No la necesitamos.

Ella quería creerlo con toda su alma, pero volvió a negar con la cabeza y retrocedió un paso porque la verdad era que la imaginación solo le había metido en problemas. Su corazón era un mentiroso y, si no se protegía ella, ¿quién iba a protegerla?

Entonces, Chase le tomó las manos e hincó una rodilla en el suelo. Ella parpadeó y se dio cuenta de que había dejado de respirar.

–¿Qué haces? –consiguió preguntar con un hilo de voz.

–Zara Elliott, ya te has casado conmigo, pero quiero que seas mi esposa, quiero que cumplas los juramentos que me hiciste cuando era un desconocido y quiero cumplir los mismos juramentos que hice cuando había bebido más whisky de la cuenta. Quiero dormir en la misma cama que tú y despertarme a tu lado. Quiero construir una vida a partir de los pequeños trozos que unimos durante el mes pasado. Quiero que me enseñes a que me guste la Navidad tanto como a ti. Quiero amarte tanto y tan profundamente que, cuando mires atrás, te hayas olvidado de que alguna vez dudaste de que pudiera hacerlo.

Ella dejó de resistirse, dejó de protegerse contra él cuando era lo único que quería, y lo quería tanto que estaba temblando. No pudo contener las lágrimas, se arrodilló delante de él y se soltó las manos para tomarle la cara, su hermosa cara, y al hombre complicado y fascinante que había detrás.

–Chase, te amo.

–Lo sé –susurró él con certeza. Ella pensó que por fin era suyo–. Y tenemos todo el tiempo del mundo para demostrárnoslo.

Zara no sabría nunca quién se movió primero, pero

estaban besándose como si fuese lo único que importaba, esa llamarada maravillosa que era solo de ellos, esa luz deslumbrante que ardía dentro de ellos, y que ardería para siempre.

El día de Navidad de un año después...

–Esto tiene una simetría atroz –comentó Mattie desde la ventana del despacho de Greenleigh–, pero, si me ordenas que me case con otro, a Nicodemus le dará un ataque.

Chase sonrió al imaginarse la reacción de su cuñado, a quien ya consideraba un amigo. Sería muy parecida a la suya si alguien proponía que él se casara con alguien que no fuese Zara. Su Zara, a quien amaba como no había podido imaginarse que amaría a nadie. Le parecía que la amaba más cada día y su corazón viejo y arrugado se henchía cada vez que ella le sonreía, y le sonreía muchas veces. Ella había decidido que ese año iban a celebrar la Navidad y estaban celebrándola. Él había creído que se limitaría a cumplir, pero era imposible no contagiarse de la felicidad pura y espontánea de Zara. Eso era verdad se tratara de un libro, una fiesta o la vida misma. Ella también había decidido tender ese puente entre su hermana y él, un puente que él, por su remordimiento, no había sabido construir.

–Naturalmente, vamos a invitarlos a la cena de Navidad –había dicho ella.

Entonces, ella estaba desnuda y contoneando las caderas contra él de una manera que lo convertía en su esclavo, y, claro, había accedido, aunque, para sus adentros, sabía que habría accedido en cualquier caso. Sobre todo, en ese momento, cuando el abogado de la familia había sacado esa carta.

–¿Estás preparada? –le preguntó a Mattie.

Ella se dio la vuelta y lo miró con una expresión seria.

–¿Cómo voy a contestar? ¿Está alguien preparado para recibir un mensaje de ultratumba?

El día anterior, cuando se la dio, el abogado le había dicho que la carta era del Gran Bart, que su padre había dejado instrucciones muy concretas sobre cuándo y cómo había que abrirla. *Cuando los dos sean felices,* se leía en el sobre.

–Al parecer, los Calloway son los que lo deciden –comentó él en ese momento–. Nos consideran felices. ¿Es verdad?

Mattie tragó saliva y parpadeó.

–Sí –contestó ella en voz baja–. Soy feliz. Lo hiciste muy bien, Chase. La verdad es que me habría gustado casarme con Nicodemus hace mucho tiempo.

Eso le quitó otro peso de encima y él asintió con la cabeza. Entonces, levantó el sobre y Mattie inclinó la cabeza para indicarle que estaba preparada. Él lo abrió y sacó dos cuartillas de papel escritas con la inconfundible letra del Gran Bart. Mattie se acercó, se miraron y empezaron a leer.

Mis queridos Chase y Mattie:

Si estáis leyendo esta carta, yo ya no estoy con vosotros y, es más, os he dejado siendo el mismo cobarde que he sido durante todos estos años.

La verdad no es agradable. La muerte de vuestra madre solo fue culpa mía. Ella me avisó miles de veces de que no traspasara ciertos límites, pero no le hice caso, yo era el Gran Bart. Aquellos pistoleros estaban buscándome a mí, no a ella....

–¿Pistoleros? –preguntó Mattie con un susurro de espanto.

–Te contaré todo lo que sé dentro de un minuto –le prometió Chase con la voz ronca.

Mattie asintió con la cabeza aunque tenía los ojos muy brillantes. Él se sintió mejor de lo que habría reconocido hacía unos años cuando ella se acercó un poco más, como si fuese el hermano mayor que no había sido nunca para ella. Quizá eso también fuese el principio de algo.

...y nunca me he perdonado no haber estado allí, que mis pecados los pagaran las personas que más amo. Me habría gustado haber podido deciros esto yo mismo, haber sabido cómo, haber sido el padre que os merecíais, pero solo sabía ser ese hombre con la ayuda de vuestra madre. Sin ella, solo era un bocazas arrogante, perdido y perjudicial para todos.

Sé que los dos os habéis culpado a vuestra manera de lo que pasó ese día. Espero que cuando leáis esta carta seáis felices, como os merecéis ser, como vuestra madre se habría empeñado que fueseis. Además, quiero que sepáis que, si bien no pude salvarla ni protegeros del espanto de ello, sí pude encontrar a los hombres que lo hicieron y cerciorarme de que, al menos, pagaran por sus crímenes. Me imagino que yo pagaré por los míos de ahora en adelante.

Sin embargo, vosotros, Mattie y Chase, habéis pagado más que suficiente. Mis maravillosos hijos. No podría estar más orgulloso de vosotros. Me habría gustado ser lo bastante hombre como para decíroslo cuando importaba. Vivid, amad y dejad el pasado donde tiene que estar. Sed felices. Sé que seréis mejores, ya lo sois.

Papá

Cuando salieron del despacho, Chase se sentía como un hombre distinto. Liviano y limpio. Le había contado a Mattie todo lo que sabía, habían hablado de sus recuerdos y de sus remordimientos, habían declarado su desdicha por lo distante que había sido su relación y Mattie no fue la única a la que se le empañaron los ojos.

Mientras bajaban juntos las imponentes escaleras de Greenleigh, él estuvo seguro de que podía notar los fantasmas de siempre alrededor de ellos, pero, esa vez, todo era felicidad y esperanza. Un futuro brillante en vez de un pasado espantoso. Cuando entraron en la cocina, se encontraron a Zara que charlaba animadamente con Nicodemus, quien tenía el mismo aspecto bárbaro de siempre, aunque escuchaba con atención lo que ella estaba diciendo. Zara agitó las manos y la luz resplandeció en los anillos que llevaba en la mano izquierda; los dos que él le había puesto el día que se casaron y el anillo con diamantes amarillos que le recordaban los ojos de ella cuando estaba contenta, y que se lo había puesto hacía un mes, cuando había sido capaz de reconocer que estaba enamorado de ella.

Mattie se rio al lado de él y le recordó la niña feliz que era la última vez que lo oyó.

–¿De qué crees que estarán hablando?

–¿Con Zara? –él sonrió cuando Zara lo miró con una sonrisa–. Puede ser de cualquier cosa. Esperemos que no sea la historia de su maldito gatito perdido.

Esa historia concreta era solo suya. Además, la verdad era que él había estado aterrado de la cosa que más deseaba y Zara también lo había salvado.